재벌가
망나니
입니다만?

재벌가
망나니
입니다만? 2

초판 1쇄 인쇄일 2019년 12월 19일 | **초판 1쇄 발행일** 2019년 12월 24일

지은이 초촌 | **펴낸이** 곽동현 | **담당편집 팀장** 이범수
편집부 정요한 홍현주

펴낸곳 (주)조은세상 | **출판등록** 제2002-23호
주소 경기도 연천군 미산면 청정로1355
TEL 02)587-2966 | FAX 02)587-2922
E-mail bukdu@comics21c.co.kr

초촌ⓒ2019
ISBN 979-11-6432-637-2 | ISBN 979-11-6432-635-8(set)
값 8,000원

재벌가 망나니

입니다만?

초촌 현대판타지 장편소설

MODERN FANTASY STORY

2

북두
(주)좋은세상

초촌 현대판타지 장편소설

MODERN FANTASY STORY

CONTENTS

초촌 현대판타지 장편소설

MODERN FANTASY STORY

CONTENTS

Chapter 1. 주도권 싸움

"뭐라?!"

너무 경악한 삼촌 때문에라도 나는 잠시 대화를 멈춰야 했다.

그가 만일 벌떡 일어나기라도 한다면 이 건은 그냥 좋이었다.

하지만 기다려도 노려만 볼 뿐 다른 움직임이 없자 나는 오히려 더 냉정하게 나아갔다.

"두 분께 다시 양해 말씀드립니다. 부디 제가 드리는 말씀을 확대해석하지 말아 주십시오. 모두 원활한 진행을 위한 작은 절차일 뿐입니다."

"넌 이게 어떤 사업…… 아니, 이 사업의 중요성을 모를 리 없을 네가 내 눈앞에서 날 제치겠다 말하는 거냐?"

"이게 어떻게 나 회장님을 제치겠다는 의미입니까? 다시 말씀드리지만, 이 건을 성사시킨다 해도 제게 돌아올 금액은 기껏 잔돈푼에 불과합니다."

"나도 네가 날 우습게 여기지 않음을 알고 있으나 지금의 발언은 감히 날 조롱하겠다는 의미로밖에 받아들여지지 않는다. 전권은 바로 그런 의미야."

삼촌이 날 경계하기 시작했다.

생각지도 못한 저항이었다. 삼촌이라면 웃어넘길 줄 알았는데, 밀어냄이 얼마나 거센지 뭔가 움찔하려던 최 회장마저 멈추고 조용히 사태를 관망할 정도였다.

이 와중에도 최 회장은 또 손익계산에 들어갔다. 진짜 어지간한 양반이다. 눈빛만 봐도 나랑 삼촌 사이가 벌어졌을 때를 가정한 어떤 획책들이 머릿속을 헤집고 있는지 다 보일 지경.

우스웠다. 단언컨대 섣부른 망상이다.

최 회장은 아직 자기가 어떤 상태에 놓여 있는지 포지셔닝이 되지 않은 모양이었다.

우리 대양이 동아줄임을 인정하지 못하고 나대는 순간 어떤 일이 벌어질지, 또 그것이 배고픈 하이에나들에게 어떤 식으로 보이게 될지 전혀 모르는 눈치였다.

이쯤에서 삼촌의 화살을 슬쩍 돌려봤다.

"최 회장님. 회장님도 제가 대양의 전권을 받는 게 부당하다고 생각하십니까?"

"그걸 왜 나한테……."

"최 회장님. 설마 회장님이 이 녀석에게 먼저 손을 내미신 겁니까. 제가 모르게?"

삼촌의 불같은 눈빛이 최 회장에게 당도했다.

깜짝 놀란 최 회장은 얼른 손사래부터 쳤다.

"아닐세. 그건 오해야. 나는 자네 조카를 일절 만난 일이 없어."

"그렇지 않으면 왜 애가 최 회장님께 의견을 묻습니까?"

"두 분은 싸우지 마십시오. 다시 말씀드립니다만 어떤 것도 확대해석하지 말아 주십시오. 전권을 달라 하는 이유는 오로지 원활한 진행을 위해서입니다."

"또 그 말이군. 좋다. 그래, 그 원활한 진행을 위하는 것까진 이해하겠다. 근데 그게 어째서 전권까지 필요한 거지?"

"절차일 뿐입니다. 이 배는 전권이 아니면 표류할 가능성이 높은 배니까요."

"표류할 가능성이 높은 배라. 넌 대양과 선영이 손잡는 것에 이견이 있는가 보구나."

"손잡는 자체는 찬성이나, 두 분 눈빛만 봐도 이게 바다로 갈지 산으로 갈지 뻔해서 드리는 말씀입니다."

"무례하군."

"나도 이건 최 회장님의 생각에 동의하나, 일단 물어보겠다. 그 판단도 네 오산이라는 생각은 안 드느냐?"

"그럼 단도직입적으로 묻죠. 제 보따리만 풀면 이 모든 걸 신속하게 다 해결하실 수 있다는 말씀이십니까? 조금만 돌아가도 막대한 비용이 발생할 거대한 사업을요? 정말 자신하십니까?"

내 도움이 필요 없냐 물었다.

삼촌은 또 찰떡같이 알아듣고 입을 다물었다.

"……."

"저는 이 일에 대한 로드맵이 있습니다. 전권은 그 로드맵으로 순항하기 위한 조타를 제게 맡긴다고 보시면 편하실 겁니다."

"……네게 로드맵이 있다고?"

"이 조카를 너무 띄엄띄엄 보시는군요. 그런 것도 없이 전권을 요구하겠습니까? 감히 누구한테서요."

"다시 묻겠다. 정말이냐?"

"물론입니다."

"……확실한 로드맵이 있다면 내가 널 띄엄띄엄 본 게 맞는 거로군."

"결론적으로 말씀드리면 보따리는 로드맵에 포함사항입니다. 홀로는 유명무실하죠. 이래도 망설이실 겁니까?"

"……."

"……."

두 사람 다 입을 꾹 다물었다.

이 부분은 정말 쉽지 않은 모양이었다.

삼촌이나 최 회장이나 머리에 익숙한 자.

결코 꼬리로 가지 않으려 했다. 가진 것도 놓으려 하지 않았고.

어떻게든 이 협상의 주도권을 쥐고 휘두르려 하는데……
내 보기엔 모두 헛짓이었다.

그러나 나도 이 이상은 설득하지 않을 생각이었다.

주체가 아닌 주제에 더 나서는 건 주제가 주제를 모르는 행위였으니까.

나는 주제를 모르는 것들이 제일 싫다.

"뭐 좋습니다. 두 분 다 그렇게 보따리만 궁금하시다면 도의상 풀어 드려야겠죠. 하지만 전 결단코 이 일에서 손 떼겠습니다."

"오대길!"

"오 대표라 불러 주십시오."

"으으음…… 이 녀석이."

삼촌이 노하면서도 살짝 머뭇대자 난 다시 화살을 최 회장에게 돌렸다.

"최 회장님은 아무것도 안 하실 생각이십니까?"

11

"아무것도 안 하다니?"

"이 일…… 굿이나 보고 떡이나 먹기엔 선영의 미래가 달린 것 같은데, 저만의 착각입니까? 왜 가만히 계시죠?"

"……지켜보는 것도 일일세."

"저는 분명 로드맵의 존재를 밝혔고 또 그것에 보따리까지 포함된다고까지 말씀드렸습니다. 두 분…… 사업 같이하기로 하신 거 맞습니까?"

"그만하게."

"상호 신뢰도에 금이 가는 소리가 들리는군요. 이대로는 청사진을 여는 건커녕 죽도 밥도 안 될 겁니다."

"너무 몰아세우는군. 신중히 하자는 거지, 안 하겠다는 건 아니니까. 자네가 걱정할 일이 아니야."

"사돈을 자신하시는군요."

"겁이 없군. 이 이상은 선을 넘지 말게. 좋게 봐주는 것도 한계가 있음이야."

"한계가 있겠죠. 그 한계…… 과연 누가 설정한 겁니까? 까놓고 말해 선영이 지금까지 이룬 것 중 자기 실력이 어디까지라고 생각하십니까? 직물인가요? 그거로 바닥에서 올라왔으니 직물 하나는 인정해 드리죠."

"이놈! 뚫린 입이라고 못 하는 소리가 없구나!"

쾅 탁자를 치는 최 회장이었다.

하지만 나도 이미 흥분 상태였다.

챙겨 주겠다는데도 쥐꼬리만 한 것도 놓지 못하는 개잡것들한테 빌려줄 인내심은 없었다.

천천히 읊어 줬다.

"워커힐부터 금속, 건설, 여행사, 유공에 이어 작년엔 제약 회사까지 다 가지고 가셨습니다. 직물로 큰 회사가 왜 그런 게 필요합니까? 뭔지 알기나 하고 가져가신 겁니까? 통신업은 또 어떻고요. 정말 통신업에 대해 잘 아신다고 확신하십니까?"

"이 이상은 아니라고 경고했네. 더 간다면 이 일로 벌어질 일에 대한 결과는 오로지 자네가 책임져야 할 거야."

"노하우가 하나도 없습니다. 덕분에 이 시점, 대한민국 누구도 통신의 가능성을 점치지 않고 있지요. 이런 기회를 허망하게 날릴 생각이십니까? 전 솔직히 여기 계신 분들은 조금 다를 줄 알았습니다. 제 실망이 느껴지십니까?"

"자네의 실망까지 내가 알아야 하는가? 오늘 이 일에 대해선 단단히 짚고 넘어갈 테니 자네는 그것만 걱정하는 게 좋을 거네."

두고 보자는 소리까지 나오는 걸 보니 열이 오르긴 오른 모양이었다.

하여튼 뭐 같은 새끼가 욕만큼은 찰떡같이 알아듣는다.

나도 살짝 물러섰다. 어차피 주제를 알라고 건드린 거였다. 더 나갈 필요는 없다.

"그렇게 물러서신다면 제가 대양의 전권을 받는 것엔 이의가 없으신 거로 알겠습니다."

"그게 무슨 말인가. 내가 언제 그걸 허락했다는 건가?!"

"그럼 선영이 제게 전권을 주시렵니까? 아님, 선영이 대양을 상대로 이 사업을 어떻게 헤쳐 나갈지에 대한 로드맵을 보여 주신다는 의미로 받아들여야 합니까? 그렇다면 전 더더욱 쓸모없겠군요."

"대길아, 너 갑자기 왜 그러느냐? 혹 네 쓸모를 확인하려고 하는 것이라면 걱정 마라. 이 삼촌이 너의 수고분에 대해서는 확실히 챙겨 주겠다. 여기서 더 나가지 말거라."

이번엔 삼촌이 날 달래려 하였다.

살짝 노기를 건들긴 했으나 내 의도 자체를 의심하지 않는다는 방증이었다.

저울이 아직 내 쪽에 있었다.

이렇게까지 나오니 나도 더 이상 경직된 자세를 유지할 수가 없었다. 이것까지 무시한다면 괘씸죄다.

"답답한 진행이 될까 염려돼 그렇습니다. 그냥 놔둔다면 틀림없이 두 분은 감정싸움으로 갈 겁니다. 이건 두 분이 어떤 걸 욕심내는지 잘 알기 때문에 말씀드리는 겁니다. 결론이 안 나는 싸움. 아마도 차일피일 미뤄지겠죠. 전 그게 두렵습니다. 그때부터 두 분은 하이에나들에게 치명적인 빌미를 제공하게 될 테니까요. 이 사업은 무조건 속전속결이 답이지 않습니까."

"안다. 나도 안다. 그렇지만 첫 대면부터 전권을 달라는 건

재벌가 막나니 일대기? 2

누구라도 거부감이 들 거다."

"이 사업을 성공시키고픈 마음이 제가 두 분보다 작다고 의심하지 마십시오. 저는 이 자리에서 정말 최선을 다할 뿐입니다."

"이 녀석…… 정말 완강하구나."

"죄송합니다."

"뭐 좋다. 네 말대로 이런 대치라면 답이 없는 건 맞는 것 같다. 이 사업도 결국 너의 코치가 필요하다는 걸 처음부터 인정해 달라는 네 뜻도 알겠다. 그리고 이왕 가야 하는 거라면 어설픈 내가 너무 나서는 것 자체가 시행착오란 걸 부르겠지. 네가 옳다. 인정한다. 하지만 너도 명심해야 할 거다. 책임엔 그만한 위험이 따른다는 걸."

"그럴 일 없을 겁니다. 반드시 해냅니다."

"그 정도까지 자신하느냐?"

"자신 없으면 애초 끼어들지도 않았습니다."

"좋다. 여기까지. 너의 원대로 내 너를 믿어 보겠다. 할 수 있겠어?"

"무엇보다 멋지게 만들어 보이겠습니다."

허락이 떨어졌다.

그 즉시 최 회장을 봤다.

"회장님, 보시는 바와 같이 저는 대양의 전권을 받았습니다."

"……"

"저와 협상하시겠습니까? 아님, 편하게 회장님도 제게 전권을 주시겠습니까?"

"나…… 에게도 전권을 달라고?"

"어차피 로드맵은 제가 그립니다. 달리 방법이 있으십니까?"

"아직……은 없네."

"그럼 허락하시는 겁니까?"

"아니지. 그건 안 되지. 난 뭐든지 내 손으로 해야 직성이 풀려."

"다시 한 번 권해도 같은 답변이십니까?"

"그렇네."

"알겠습니다. 더는 권하지 않겠습니다. 아! 한 가지 더 여쭈어야 하는데 혹 DGO 인베스트의 컨설팅도 거부하시는 겁니까?"

"크음…… 그것과 이게 깊이 연관되는가?"

씨발너미.

낌새가 이상하다 했더니 여태 내가 한 게 컨설팅이었다는 것도 부정하였다.

"구별이 불가능할 겁니다. DGO를 거부하시면 전 전권을 주신 대양을 위해 전력을 다할 겁니다. 그래도 괜찮으신가요? 뭐 어차피 이 일의 시작이 그러하니 달리 부인할 것도 없겠습니다만."

"그럼 자네, 처음부터 이걸 노리고……."

"이렇게 오해하실까 봐 원활한 진행을 위한 작은 절차라고 두 번이나 말씀드렸습니다. 지금은 벌써 세 번째로군요."

"아니라고 하는데 내가 믿을 근거가 어디 있겠나? 자네는 처음부터 대양가가 아니었나."

"그렇긴 하죠."

"더 말해야겠나? 이런 식이라면 나는 이 일에 계속 의구심이 들 수밖에 없어."

"어떻게 해 드려야 하겠습니까?"

"난 자네가 우리 선영에 해가 되지 않는다는 확신이 필요해."

"확신이요……?"

재계 5위의 막강한 기업집단이 일개 개인에게 확신을 원한단다.

미친 건가? 몰리니 순서도 까먹은 건가?

여기에서 비로소 남이 쌓아 온 토대 위만 안전하게 걸어온 기업의 한계가 여실히 드러났다.

원인을 항상 남에게서 찾는다는 것.

선영은 정치공모는 잘해도 무엇인가 저 스스로 이뤄 낸 역사가 없었다.

허울은 좋지만 빈 깡통이라는 것.

한마디로 실력이 없었다.

실력이 없으니 매사 불안하다.

불안하니 요행을 바라고 뭐든 쉬운 길로만 가려 한다. 벼랑 끝 전술을 즐겨 사용하는 것도 이와 일맥상통하였다.

결국 이것도 저것도 안 된다면 권력자를 찾을 것이다. 남의 손을 빌리는 건 이미 자존심 문제도 아니다.

그렇게 탄생한 회사가 사회에 얼마나 공헌할 수 있을까? 권력자에게 이것저것 뜯겨 뼈대만 남은 회사가. 인수합병으로 성장한 기업의 이런 태생적 비틀림은 내가 어떻게 할 수 있는 종류가 아니었다.

'이걸 성공이고 이걸 삶의 방식이라 믿는 자들은 애초 상생이란 개념을 모르지.'

많이 겪어 봤다. 아니, 문명이 가속화될수록 이런 자들이 더욱 기승을 떨친다.

세상은 이미 야바위판이었다. 돈 놓고 돈 먹기. 동네 야시장을 떠도는 놈들부터 해외 거대 M&A그룹들까지 속성은 서로 다를 게 없었다. 달면 삼키고 쓰면 뱉는다.

애초 자기가 한 땀 한 땀 이룬 게 아니기에 미련도 없다.

그 사이에서 애먼 사람들만 피눈물을 흘린다.

강하게 무시해 줄 때다. 씨벌놈.

더 강하게 압박할 때다. 개쉐리.

벼랑 끝 전술? 웃기지 마라. 진짜 벼랑이 뭔지 이제부터 보여 줄 생각이다.

"제게 확신이 필요하시다고요? 과연 놀라운 말씀이십니다.

재벌가 막내 *황제전* 2

너무 의외이기도 하고요. 협약식까지 한 사이에 이 정도로 신뢰가 없다니. 이 사업, 이래도 되는지 모르겠습니다. 굳이 같이 사업해야 하는 건가요?"

"자네 지금 무슨 말을 하는 건가?"

"DGO와 계약할 의사도 없다 하셨습니다. 전과 말씀이 달라지신 거죠. 그렇지 않습니까?"

"그건……."

"그리고 전 대양의 전권을 맡을 사람입니다. 대양 입장에서 선영이 이런 식으로 나온다면 협약식은 아무 의미가 없습니다. 말 그대로 종이 몇 장 나눈 것뿐이니까요. 계속할까요?"

"설마 깨겠다는 건가?"

"아니다 싶으면 깨야죠. 시간도 더 들고 돈도 더 들고 빙 둘러가겠지만 어쩔 수 없지 않습니까. 비수를 품 안에 둘 수는 없으니까요. 그리고 결국 이 사업은 대양이 다 먹을 겁니다."

쾅.

주먹이 탁자에 떨어졌다.

"말이 심하군!"

"더 할 말이 없으시면 일어나겠습니다."

"네 이놈!"

"또 놈놈 하시는군요. 최태훈 씨가 어리다는 이유로 여기저기에서 놈 소리 들으면 참으로 좋으시겠습니다. 다시 말씀드리지만 혹 이 일로 대양에 어떤 불이익이라도 떨어진다면

19

그때는…… 여기까진 제 권한이 아니로군요. 삼촌이 알아서 하실 일이니까요. 그만 일어나실까요?"

"이것 참…… 알았다. 내 일어나지."

마음에 드는 표정은 아니었지만, 삼촌도 무거운 엉덩이를 일으켰다.

이런 상황에서 버텨 봤자 팀웍만 깨지고 더 나올 것도 없음을 잘 아는 거다. 차라리 나랑 둘이서 얘기를 나누는 게 훨씬 빠른 것도 잘 알고.

그러자 최 회장은 삼촌에게도 경고했다.

"나 회장, 나 이렇게 안 봤는데 실망했소."

"너무 나무라지 마십시오. 오 대표에게 전권을 줘 버렸으니 저는 구경자일 뿐입니다. ……저도 사실 당황스럽습니다. 전권을 주자마자 일이 이렇게 어렵게 되다니."

"계속 구경자로 계실 수 있으시라 보오?"

"한번 줬으니 가 봐야죠."

"일이 깨져도 말이오?"

"글쎄요. 사실 우리 대양은 이래도 저래도 관계없습니다. 하면 좋고 안 해도 그리 손해날 게 없거든요."

"정말 틀으실 작정이오? 저 아이 말만 듣고?"

"최 회장님이야말로 잊으셨나 봅니다. 대길이는 제 자준입니다. 최 회장님도 저번 만남에서 어리지 않음을 인정하셨지 않나요?"

"끝까지 가겠다? ……나 회장. 내가 이런 말까지 안 하려 했는데 내 뒤에 누가 있는지 잊으셨소?"

"허어…… 최 회장님. 위험한 발언이시군요. 비록 제가 대양을 업은 지 얼마 안 되었다지만 그 말씀은 설마…… 제게 싸움을 거시는 겁니까?"

"그건 받아들인 입장에서 판단하는 거겠지."

"그러시다면 저도 자세가 달라야겠군요. 좋습니다. 모든 경로를 열어 두죠. 선택은 제가 하지 않겠지만 뭐 이참에 대한민국 재계 판도를 수정해 보는 것도 나쁘지 않겠군요. 자자, 그럼 천천히들 드세요. 더 할 말이 없는 것 같으니 저는 먼저 일어나겠습니다. 가자. 대길아."

"넵."

삼촌과 다정히 멀어지는데 유하헌 쪽에서 또 한 번 뭔가가 부서지는 소리가 들려왔다.

어지간히 빡돈 모양이었다.

삼촌은 끝까지 아무 말도 하지 않았다.

삼청당 당주와 인사하면서도 그랬고 경내를 걸어오면서도 입을 다물었다. 나도 조용히 수행만 했고.

차가 출발해 도로에 진입하고 나서야 비로소 그의 시선이 나에게로 돌아왔다.

"너도 뭔가 눈치 챈 거냐?"

Chapter 2. 팍스 아메리카 (1)

"삼촌도 이상하시죠?"

"그래, 최 회장이 너무 여유를 잃었어."

"전 아마도 이번 파티 건 때문이라 생각하는데."

"그가 요구한 게 상상 이상이었다는 거냐?"

"원래는 얼마간 쥐여 주면 끝날 일이었을 수도 있겠으나 기간망 사업을 꺼냈다면 얘기가 달라졌을 거예요."

"속단하기는 이르다만 나도 네 의견과 비슷하다."

"최 회장이 너무 욕심부린 거죠. 기간망 사업은 섣불리 던질 패가 아니었는데…… 자기 스스로 함정에 빠진 꼴이 된 거예요."

"앞으로 어찌할 생각이냐?"

"전 바로 미국으로 갈 생각이에요."

"미국엘?"

"오늘 보니 아무래도 이 사업을 성공시키려면 저도 적극적으로 참여해야 하겠더라고요. 남에게 맡겼다간 진짜 나가리 되게 생겼어요."

"크음, 그게 나를 지칭하는 건 아니지?"

눈치는 빨라요.

"설마요."

"그럼, 네가 말한 그 보따리가 미국에 있다는 거냐?"

"네."

"그렇군. 그래서 여기선 아무리 찾아봐도 답이 없었어."

말은 간단하지만, 이것도 뒤에서 끙끙댄 게 눈에 선했다. 삼촌이나 최 회장이나.

"며칠 내로 전화가 올 겁니다."

"최 회장에게?"

"네. 그리고 저는 아시다시피 미국으로 가 버려서……."

"푸하하하하하, 시간을 끌라는 거냐? 이 나에게?"

"안 그래도 까부는데 약 좀 올리시죠."

"그러다 진짜 틀어지면?"

"최 회장은 우리 손을 절대 못 놓습니다."

"왜 그렇지?"

"돈이 없거든요."

검지와 엄지를 동그랗게 말아 흔들었다.

"돈이라……."

"선영은 확장하는 데 너무 큰 역량을 썼어요. 유공 인수 전까지라면 모르겠지만, 지금은 어떻게 해도 안 돼요. 유공도 겨우 자리 잡아 가는 이때 자중해도 모를 판에 작년엔 제약회사까지 덜컥 삼켜 버렸죠. 지금 컨소시엄 자본금 대는 것만도 마른오징어 짜는 중일 겁니다. 우리 대양과는 대적할 수가 없죠."

컨설팅 비용에 주춤한 것도 여기에 기인한 확률이 컸다.

지금 그에겐 1억도 아쉬울 거다.

"그렇……겠구나. 확실히 총알이 딸리겠어."

"대양도 확실히 준비해야 합니다. 이 게임은 누가 뭐래도 총이 세고 총알 많은 자가 이기거든요."

"반도체 영업을 더 쪼라는 소리냐?"

"그것보다 다른 쪽을 보시는 건 어떠세요?"

"어딜?"

"무라타요. 무라타를 정리하시는 건 어떠세요?"

"무라타를? 어째서?"

삼촌의 미간이 심각할 정도로 찌푸려졌다.

무라타 리조트는 누가 뭐래도 대양의 아킬레스건이었다. 들키면 절대로 안 되는 성역의 비기 같은 것.

반면 또 그것이 있기에 대양은 모든 일에 한발 물러서도 되는 여유를 얻었지만.

어쨌든 지금으로서도 절대로 포기할 수 없는 꿀단지임은 맞았다. 그리고 그 꿀단지를 정리하자는 건 일본엘 고작 두 달도 채 안 갔다 온 놈의 입에서 나올 말이 아닌 건 확실했다.

지금 삼촌의 표정이 의미하는 바도 그렇고.

어서! 빨리! 냉큼! 네가 본 진상을 밝혀라.

"일본이 심상치 않아요."

"일본이?"

"잘 믿기지 않으세요?"

"뭐가 심상찮다는 거지?"

"침몰에 관한 말씀이에요."

"침몰?! 일본이…… 침몰한다는 거냐?!"

"완전한 침몰은 아니어도 반쯤 가라앉을 판이에요."

"일본에 대한 전망에 그런 보고는 없었다. 너 거기서 뭘 보고 온 거냐?"

"당연히 일본의 실태를 보고 왔죠."

"네가 본 것과 우리가 본 것이 다르단 거냐?"

"물론 당분간은 잘 굴러갈 거예요. 걔들 전망대로 닛케이 3만을 넘어 4만을 향해 가겠죠. 그럴수록 일본인들은 세상 무서운지 모르고 나댈 거고요."

"그게 왜……?"

"바보 같은 정부라지만 일본도 정부가 있긴 있어요. 그놈들이 문제죠."

"정부? 그게 뭔 소리냐? 하아…… 좀 똑똑히 말해 보거라. 지금 뭐가 뭔지 정신이 하나도 없구나."

"몇 년 전, G5 재무장관이 비밀리에 회동을 가졌답니다. 골자는 일본과 독일 제품에 의한 국가 간 무역 불균형이고요."

"무역 불균형?"

"적자가 심하게 난다는 거죠. 계속 너만 잘살 거냐는 거죠. 이러면 재미없다는 거죠."

"잠깐!"

삼촌이 급하게 날 저지했다.

나도 입을 멈췄다.

급깨달음을 얻는 중이었다. 깨달음은 이렇듯 순간적인 영감처럼 찾아오는 법. 중구난방으로 널린 정보들이 어떤 계기를 맞아 하나의 결론에 도달한다.

이런 게 영감의 정리라면, 지금 삼촌의 머리는 쌓인 정보 하나하나가 의미하는 연결점들이 모여 어떤 계통으로 달려가는 중이었다. 수천수만 개의 뉴런들이 빛을 발광하며 품은 단어들을 조합해 하나의 현상을 찍어 갔다.

이렇게! 과감하게!

"환율! 환율이다!"

외치면서도 나를 바라본다. 제대로 찍었냐는 거다.

고개를 끄덕여 줬다.

"몇 년 사이 엔화의 가치가 두 배나 상승했어요."

"두 배라면…… 맞아. 그런 보고가 있었어. 내가 그걸 왜 흘렸을까. 안 그래도 원자재가 비싸져 반도체 생산에 무리가 오고 있었다는데."

"보고 싶은 것만 봐서 그렇죠. 이상 현상은 예전부터 지적 됐어요."

"그렇구나. 맞아. 나도 몇 번 본 적 있어."

"그럼에도 일본의 실물 경제는 관성에 따라 잘 흘러가요. 문제가 있음에도 잘 흘러가니까 다들 외면하죠. 근데 일본은 사면이 바다인 섬나라에요. 영원할까요? 그리고 지금까지 활황인 이유가 어디에 있다고 보세요?"

"아직까지 실물 경제가 유지되고 있다는 건…… 수출로 먹고사는 나라가 수출이 감소했음에도 활황이고 더 낙관적인 전망을 계속 던진다는 건……."

삼촌의 눈이 또 번쩍 뜨였다.

"거기에 대한 이유는 하나밖에 없다. 막대한 자금이 시중에 뿌려진 거야."

"우리도 비슷하죠. 온 나라가 개발이다 뭐가 시끄럽잖아요."

"부동산! 그 돈이 부동산으로 갔구나. 부동산이 널뛰는 것도……."

"제품은 여전히 사랑받지만, 가격이 너무 비싸졌어요. 예전엔 십만 원이면 샀을 물건이 이십만 원, 삼십만 원 해요. 소비자들은 절망하죠."

"그 틈을 타 한국 같은 저가 상품들이 시장을 야금야금 갉아먹었지. 한국의 수출이 향상된 건 일본의 약세가 커."

"맞아요. 그것도 모자라 86년부터 작년까지 일본 정부는 5%에 웃돌던 금리를 2.5%까지 낮추기까지 하죠. 이게 다 엔화 절상에 따른 수출 약화를 최소화하기 위해서랍니다. 그 결과가 어떻게 됐을까요?"

"돈이 마구 돌았겠구나."

"통화량이 매년 10% 이상 꾸준히 성장하죠. 그게 자그마치 10%이에요. 일본 경제 규모를 본다면 상상도 할 수 없는 돈이 풀린 거예요. 그 막대한 돈이 다 어디로 갔을까요?"

"이 역시도 부동산이겠구나."

"정신 못 차리고 쏟아붓는 중입니다. 개고생해서 물건 하나 파는 것보다 부동산 하나 사는 게 더 수익률이 높으니까요. 더구나 누구나 돈이 넘치는 대호황의 계절이에요. 투자와 소비가 말도 안 되는 수준으로 상승하고 여기저기 장밋빛 전망만 던집니다. ……헌데 수출이 안 돼요. 돈은 넘치는데 물건 만들어 봤자 손해만 나요. 근데 이웃이 부동산으로 재미 봤답니다. 한두 푼도 아니고 어마어마하게. 어떻게 될까요?"

"미치겠지."

"미쳐서요. 생산과 기술에 투자해야 할 돈이 일본을 넘어 세계로 넘어갑니다. 미국도 예외는 아니죠. 엔화 가치가 두 배나 올랐다는 건 해외 부동산이 절반가가 됐다는 의미와 같으니까요."

"눈 돌아가겠구나."

"너도나도 지금 안 하면 손해라는 분위기가 팽배합니다. 돈이 그렇게 휘몰아치는데도 소비자물가 상승률이 0.5%밖에 되지 않으니 일본 정부도 관망하고요."

"……위험하겠어."

이제야 위기가 인식되는 모양이었다.

나는 여기에 돌을 하나 더 얹었다.

"이 상황에서 혹시라도 소비자물가가 상승한다면요? 그게 아니더라도 거품은 반드시 터지겠죠."

"거품이 터지면……."

"와르르르르르. 더 늦지 마시고 적어도 올해까지는 정리하시는 걸 추천해 드릴게요. 내년이 되면 정말 어떻게 될지 저도 감이 안 옵니다."

"이거 보통 일이 아니구나. 네가 말해 주지 않았다면 나도 관성으로 지나쳤을 일이다. 인정하겠다. 이 일에 대해선 내 깊이 생각해 보마."

"감사해요."

인사를 마치는데 삼촌이 피식 웃으며 나를 빤히 쳐다봤다.

요것 봐라란 의미였다.

"예? 왜요?"

"어디서 요런 게 내 앞에 왔을꼬?"

"네?"

"아버지…… 네 할아버지가 널 일찍 알아채지 못한 게 아쉽구나. 할아버지라면 널 분명 이렇게 봤을 거다."

"아, 네."

"대길아."

"예."

"넌 대체 뭘 하려는 거지?"

"무슨……?"

"그렇지 않으냐. 이번 건도 그렇고 대양의 앞길도 그렇고 너랑 얘기하다 보면 그림이 마구 그려져. 화사하고 멋진 풍경화 같은 미래가 펼쳐진단 말이다. 그건 곧 네가 그리는 미래도 그렇다는 뜻일 텐데 이 삼촌이 참 궁금하구나. 넌 대체 뭘 하고 싶은 거냐?"

"아아…… 그 말씀이세요? 사실 달리 별건 없어요."

"별게 없다고? 이게?"

"네, 노는 거보다 재밌으니까요. 놀아 봤는데 확실히 이게 더 재밌네요."

"재……밌어서 하는 거라고?"

"재밌잖아요. 삼촌은 재미없으세요?"

"……."

일순 얼굴이 멍해진다.

그리고는 이내 배를 붙잡고 웃어 댔다.

"으하하하하하, 맞다. 맞아. 재밌어서. 미치도록 재밌어서 내가 이 일을 손에 놓지 못하지. 아하하하하하, 대길이 네가 옳다. 네가 옳아. 아하하하하하~."

"초심을 찾으신 거 축하드립니다."

"오냐오냐. 고맙다. 아하하하하, 가자. 어서 가자. 빨리 달려가자. 네가 그리는 미래에 나도 있음이 이렇게 좋을 수가 없구나. 어서 가자. 대길아."

삼촌의 웃음은 날 집 앞에 내려 줄 때까지 계속되었다.

모처럼 만의 큰 웃음이었으나 난 그 웃음이 온전히 기쁨에서 출발하지 않음을 잘 알았다.

슬픔인지 애환인지 아니면 또 어떤 것에 대한 몸부림인지.

길게 이어진 정상적이지 않은 웃음은 결국 스스로에게 던지는 메시지일 테니.

오늘도 나는 모른 척한다.

다음 날, 난 곧바로 뉴욕으로 날아갔다.

온 김에 얼렁뚱땅 몇 시간 구경하다 다시 차로 열나게 달려

델라웨어 주 사무실로 찾아가 삼촌과 약속된 100억짜리 컨설팅 계약서를 대양에 던지고 다시 캘리포니아 샌프란시스코로 날아갔다.

요로케 하기까지 이틀이 지났다.

다시 여기에서 퀄리티 커뮤니케이션즈(퀄컴)를 찾기까지 꼬박 하루가 더 지났고 약속 잡고 준비하는 데 또 하루가 지나갔다.

나흘. 사실 나흘이면 운이 좋은 편이었다. 적어도 일주일 예상하고 왔는데 바로 미팅도 잡고.

기대가 컸다. 앞으로 미래를 선도할 이동통신 사업의 키를 만나다니.

난 오후 1시쯤 김하서와 함께 퀄컴으로 갔다. 내 공식 일정엔 이제 무조건 김하서가 낀다. 김충수, 하제필, 서진명. 이 셋은 날 지킬 어벤저스다.

어쨌든…… 퀄컴은 실리콘밸리 조그만 건물 한쪽 귀퉁이에 자리를 튼 회사였다. 미래의 위세를 본다면 감히 견줄 수 없을 만큼 열악한 곳이었는데, 처음은 다 이런 데서 시작하는 거니까 실망감을 애써 감춰 본다.

근데 나도 그런 건가?

하긴 벌써 그러고 있다.

델라웨어 주의 이름 모를 건물 한 귀퉁이에 새겨진 법인이 DGO 인베스트였다.

김하서를 대동하고 입장하니 8명이 우르르 나와 나를 맞았다.

"어윈 M. 제이콥스입니다. 대표고요. 이쪽은 모두 공동설립자입니다. 한국에서 오셨다고요? 이번에 올림픽이 개최되는 나라라 들었습니다."

"네, 이번에 올림픽이 개최되는 대한민국에서 여기 퀄컴이 통신 분야에 권위가 있다는 얘기를 듣고 먼 길을 달려왔습니다. 오대길입니다."

"미스터 오셨군요. 제대로 찾아오셨습니다. 통신 분야에서만큼은 우리 퀄컴이 세계 어디에 내세워도 뒤지지 않을 겁니다."

"저도 무척 기대됩니다."

"차는 뭐로 준비해 드릴까요?"

"티타임은 나중에 가지시죠."

"그러시다면 곧장 회의실로 가실까요?"

"그게 좋겠습니다."

나에겐 차 마실 시간도 아까웠다. 정중하게 나누는 대화도 싫을 만큼 조바심이 났다. 빨리 듣고 싶었다.

우린 곧바로 퀄컴이 마련한 조그만 회의장으로 이동했다.

이미 브리핑 준비를 마쳐 놨던지…… 물론 자기들 수준에서 보기 좋게 세팅된 거다.

내가 착석하는 즉시 제이콥스의 PPT가 시작되었다.

난 조용히 경청했다.

"……그리하여 위성 데이터 커뮤니케이션은 앞으로 세계적 트렌드가 될 것이고 없어서는 안 될 방식으로 자리 잡을 겁니다. 다시 말씀드리지만 옴니트랙스는 시중에 나온 어떤 장치보다 월등한 성능을 자랑하며 이미 화물 운송 산업에 획기적인 틀을 잡았습니다. 올해 첫 출시 후 LA에서 검증을 마치자마자 네바다, 유타, 애리조나, 뉴멕시코로 확산 중이며 머지않아 미국 전역에 옴니트랙스가 사용될 겁니다. 틀림없이 귀사의 사업에도 도움이 될 거라 확신합니다."

장황한 설명을 인내심 있게 듣긴 들었는데.

"그렇군요."

"네."

"……"

"……"

"……"

"……더 없습니까?"

내가 듣고 싶은 건 조금도 나오지 않았다.

"네?"

"가지고 있는 기술이 그게 다입니까? 개인용 통화 기술이라든가 그런 건 없습니까?"

"개인용 통화 기술이라면…… 혹 NMT 노르딕 모바일이나 GSM 같은 걸 찾으시는 겁니까?"

재벌가
막내아들
실화냐? 2

"비슷한 거라도 있으면 듣고 싶습니다."

"NMT는 북유럽 쪽에서 이미 사용 중이고 GSM은 유럽 13 개국에서 통합 통신표준으로 삼으려고 연구 중인 걸로 알고 있습니다. 혹 미스터 오는 모바일 기술에 관심이 있어서 당사를 찾으신 겁니까?"

이 역질문에야 비로소 난 내가 기억하는 역사와 현재 사이에 뭔가 많이 틀어져 있음을 깨달았다.

젠장, 없다. 없……다. 퀄컴에…… 없다.

내가 원하는 기술이 퀄컴에 없다고?

왜? 퀄컴은 휴대폰계의 선도자인데…….

이게 어떻게 된 걸까?

퀄컴만 믿고 이 먼 나라로 날아왔는데.

"……겸사겸사죠. 정말 더 없으신가요?"

"저희는 현재까지 모바일을 연구한 적이 없습니다."

진짜 없었다.

"그…… 렇군요."

"당황하시는 걸 보니 서로 원하는 방향이 달랐나 봅니다."

"이걸 어떻게 표현해야 할지 모르겠지만 우선 귀사의 기술이 앞으로 운송사업에 무궁무진한 잠재력을 가졌음을 인정합니다. 아마도 국가 기간산업 단위로 쓰일 정도로 매력적이라 봅니다만 이것만으로는 저는 어떤 확신도 얻지 못했습니다."

"저희는 옴니트랙스를 원해 오신 거로 알고 있었습니다만."

"옴니트랙스도 충분히 매력적입니다. 제 편견인 건지 통신 하면 전화기부터 떠오릅니다."

"유감이군요. 아까도 말씀드렸다시피 아직 저희는 그쪽으로는 영역을 넓히지 못할 상태입니다."

"그렇습니까? 아무래도 서로 오해가 있었던 모양입니다. 생각할 시간을 가진 후 다시 연락하는 거로 일정을 조율하시죠."

"알……겠습니다."

해서 그냥 나왔다. 이제 진짜 엿 됐음을 자각하며.

'나 한국으로 못 돌아가는 거야?'

큰소리는 뻥뻥 쳐 놨는데 정작 기술이 없다.

근데 이게 진짜 어떻게 된 일일까.

내 알기로 퀄컴이랑 합작하여 차세대 이동통신을 성공한 거로 알고 있었는데…….

없다니.

그럼 대체 어디에 있는 걸까?

몇 달 체류하며 들쑤셔야 하나?

'하아…… 젠장.'

사실 옴니트랙스도 그다지 나쁘지 않았다.

위성 커뮤니케이션이란 기술은 트럭 운송뿐만 아니라 다

각도로 전용될 수 있는데, 예를 들면 서울시에서 채택한 버스 정류장 시스템도 그렇고 내비게이션 기술도 같은 이치였다. 가지고 가기만 하면 어떻게든 될 것 같긴 한데…….

그러나 지금 필요한 건 이동통신 기술이었다.

'아아, 하늘이 노랗네. 내 앞길도 저렇게 노래지는 건가?'

회귀 후 승승장구하던 인생에 처음으로 맞는 직격탄. 더욱더 치명적인 건 어디 도망칠 데도 없고 어떻게 되돌릴 방법도 없다. 한국에 들어가려면 난 무조건 기술이 있어야 했다.

'아니, 씨바. 없는 기술을 어떻게 가지고 가냐고?! 아아아 아아악!!'

씨발, 씨발, 씨발, 씨발, 씨발, 씨발, 씨발, 씨발…….

속은 터질 것 같고 눈앞은 새카맣고 미칠 것 같은데 또 가슴 전체가 비어 버린 것처럼 허탈하고 아무 생각도 나지 않았다. 아무것도 하고 싶지 않았다.

그냥 걸었다. 하릴없이 걷기만 했다.

실리콘 밸리의 풍경도 캘리포니아의 산뜻한 햇살도 살살 불어오는 시원한 바람도 내겐 의미 없었다.

'난 이제 뒈졌다'만 계속 떠올랐다.

그렇게 어느 모퉁이를 도는데.

펙.

"억."

"꺄악."

누군가와 부딪혀 넘어졌다.

졸라 아팠다. 수면 아래 감춰 둔 신경질이 정수리까지 솟을 만큼.

또 뭔 종이가 하늘 높이 나풀나풀 날리는데, 내 인생도 그렇게 날아가는 것 같기도 하고.

분노가 팍 솟았다.

"이 쒸바아아…… 응?"

그때 내 손 위로 떨어진 종이 한 장.

거기엔 이상한 문장이 하나 쓰여 있었다.

Code Division Ac…….

띵.

Chapter 3. 팍스 아메리카 (2)

"도련님! 아이고! 아가씨, 괜찮으세요?"

"아야야······."

"어서 일으켜 드려라. 넌 주워 드리고. 아가씨, 어디 다치
진 않았습니까? 괜찮으신가요?"

"으으음, 괜······찮은 것 같아요."

"이건 순전히 앞을 제대로 살피지 못한 저희의 잘못입니다.
부디 용서해 주십시오."

서 실장의 목소리가 언뜻 지나간 것 같다.

인식하려는 사이 또 지나간다.

"정말 괜찮으십니까? 다친 데는 어디 없고요?"

"괘, 괜찮아요. 제가 지금 너무 바빠서."

"그러십니까? 이대로 보내 드려도 괜찮겠습니까?"

"괜찮아요. 미안해하실 거 없으세요. 저도 앞을 잘 못 봤던 걸요."

"그렇게 말씀해 주시니 마음이 편해지는군요."

"이제…… 가도 될까요?"

"아, 물론이죠."

길을 비켜 주니 누군가 움직이는데 햇살 사이로 뒤로 질끈 묶은 포니테일이 보였다.

포니테일…….

여자던가.

어?

그 포니테일이 멀어지고 있었다.

가는 건가?

어! 안 된다. 안~ 된다. 가면 아니 된다.

"이, 이이이……."

"도련님?"

"자, 잡아……."

"도련님, 왜 그러시죠?"

"잠깐!"

그제야 목소리가 터져 나왔다.

더 크게 외쳤다.

"거기 잠깐! 아가씨 잠깐만요!"

"네?"

막 달리려던 여자가 뒤돌아봤다.

얼른 달려가 여자 앞을 가로막았다.

"혹 어디로 가시는 거죠?"

"퀼리티 커뮤니케이션즈에요. 왜요?"

띵.

"여보세요? 여보세요? 사람 잡았으면 말을 해야죠. 저 무척
바빠요. 안 그래도 미팅 시간에 지각했단 말이에요. 별말 없
으시면 먼저 갈게요. 미안해요. 저 그럼……."

또 가려 한다.

화들짝!

안 된다. 가면 아니 된다.

"아, 아아, 아아아, 아닙니다. 잠시…… 저와 잠시만 얘기해
주시면 안 되십니까?"

"그러니까 안 된다고요. 지금 몇 번 말해요. 미팅에 지각했
단 말이에요."

"혹시 지금 손에 들고 있는 것 때문입니까?"

"어머, 그걸 어떻게 아세요?"

아, 씨발.

머리를 쥐어뜯고 싶었다.

세상에…….

이게 무슨 일인지…….

나는 나도 모르게 여자의 손을 덥석 잡았다.

"가지 마시고 한 시간만! 딱 한 시간만 제게 빌려주십시오. 부탁드립니다."

"어머. 이러지 마세요. 저 지금 정말 바빠요."

여자는 뿌리치려 했다.

더 세게 움켜잡았다. 나락으로 떨어지는 내 인생을 붙들듯.

"정중하게 부탁드립니다. 한 시간만 제게 빌려주시면 1억 아니, 10만 달러를 드리겠습니다. 정말 딱 한 시간이면 됩니다. 부탁입니다."

"네?!"

"한 시간이면 됩니다. 더도 말고 덜도 말고요."

"10만 달러요?"

반신반의였다.

서둘러 말했다.

"못 믿겠으면 이대로 은행으로 가시죠. 거기서 뽑아 드리겠습니다. 한 시간만 빌려주세요."

"……왜 그러세요? 제게 뭘 원하는 거죠? 혹 절 돈으로 사려는 건가요?"

"누굴 산다고요? 아, 아니, 그런 의도가 아닙니다. 설마 제가 은행 안에서 이상한 짓을 하겠습니까? 혹 10만 달러가 적으십니까?"

"그건 아니지만, 약속도 있고…….."

"그 약속을 깨라고 10만 달러를 드리는 겁니다."

"약속을 깨라고요?"

"네."

"…….."

그제야 여자가 차분해져 나를 봤다.

조용히 나를 응시하는데 나는 배고픈 아이가 식당 아줌마를 보듯 최대한 간절한 표정을 지었다.

"일단 이 손부터 좀 놓으시죠."

"아, 네. 미안합니다."

"딱 10만 달러가 필요했는데 정말 주시는 거죠?"

"네, 저와 대화하는 조건입니다."

"알겠어요. 대화만 해도 준다는데 거기까지 가서 노력할 필요는 없겠죠. 어디 은행 이용하세요?"

"은행이요?"

"돈 준다면서요!"

갑자기 또 적극적이었다.

당황하면 안 된다.

"아, 네. 씨티은행이요."

"씨티은행이라면 가까운 데에 있네요. 어딘지는 아세요?"

"저는 모릅니다."

"저 따라오세요. 안 그래도 씨티은행에서 대출받은 것

때문에 문제가 좀 있거든요."

"아, 그러시군요."

"갈까요?"

"네."

내가 뭐에 씌었는지 아님, 저 여자가 이상한 건지.

당당히 앞서 걷는 여자의 뒤통수를 따라 우리도 씨티은행으로 향했다.

그렇게 얼마나 걸었을까.

별안간 치명적인 사실이 떠올랐다.

'아, 돈!'

지금 DGO 인베스트 통장엔 돈이 거의 없었다.

있는 돈 없는 돈 다 끌어다 주식에 쏟았으니 없는 게 맞았다.

돈이 없음에도 퀄컴에 간 건 다른 이유가 아니었다. 어차피 협상하다 보면 돈이 들어와 있을 테고 그거로 지불하면 될 거라 생각했다. 정 급하면 대양에 전화하면 되고.

헌데 지금은 아니었다. 당장 돈을 빼 보여 줘야 하는데…….

'이거 주식이라도 팔아야 하나?'

급하니까 별생각이 다 든다.

씨티은행은 왜 이다지도 가까운지.

대양으로 먼저 전화할까 하던 나는 우선 통장부터 확인했다.

저번처럼 미리 보내 줬을 수도 있지 않나.

없다면 10분 내로 계약금부터 보내라고 전화할 참이었다.

"예쓰!"

떡하니 1,400만 달러가 찍혀 있다.

대양이 일시불로 쏜 거다.

"후아아~."

가슴을 쓸어내렸다.

그제야 좀 정신이 들고 몸도 풀렸다.

가오 완전 상할 뻔.

여기서 돈 보내 달라고 따발따발 댔다면 저 여자는 나를 어떻게 생각했을까.

이럴 땐 돈 빨리 주는 대양이 참으로 기특했다.

난 그녀가 보는 앞에서 가뿐하게 현금으로 10만 달러를 인출.

지점장에게 말해 상담실도 빌리고 커피도 한 잔씩 받았다.

5분 뒤, 직원이 가져온 돈다발을 그녀가 보는 앞에 척 내려놓았다.

1만 달러 묶음으로 열 개.

10만 달러가 한 줌밖에 안 된다.

그래도 효과는 확실.

그녀의 눈이 확 커졌다.

"정말인가 보네요. 만 달러만 줘도 횡재라고 생각했는데. 이렇게 VIP실도 다 와 보고 뭐죠? 혹 뭐 하는 분이신지 물어

봐도 되나요?"

대답 대신 명함을 한 장 꺼내 줬다.

"으음, DGO 인베스트 대퀼 오?"

"한국식으로 오대길입니다."

"아, 저는 애니카 코트니노바예요."

"코트니노바 양. 이렇게 시간을 내주셔서 감사드립니다. 이 돈은 약속대로 1시간 뒤 가져가시면 됩니다."

"어머머, 정말 이런 일이 벌어지네요. 그렇지 않아도 연구 자금이 필요했는데 후원해 주셔서 감사해요."

"코트니노바 양이라면 기꺼이 후원하겠습니다."

"정말요? 세상에…… 정말 이런 일이 생기는군요. 가끔 이런 생각을 한 적 있거든요. 나에게는 키다리 아저씨가 안 오나…… 초면에 이런 말을 해도 될지 모르겠는데 요즘 정말 쪼들렸어요. 이 생활을 더 해도 되나 싶을 만큼."

기분이 좋은지 묻지도 않는 말을 척척 해 대는 애니카였다.

천생 연구원이다.

자고로 장사꾼들은 절대로 자기 약점을 꺼내지 않는다. 오히려 없는 걸 있다 하고 작은 걸 크게 부풀리기 바쁘다. 아까 그 제이콥스처럼.

그는 자사 제품 옴니트랙스가 LA 전역부터 네 개 주에 확산되고 있다고 설명했지만 내 알기로 정식 계약 건은 아직

하나밖에 없었다. 퀄컴을 찾으면서 다 알아봤다. 하제필이가.

그리고 결정적으로 퀄컴은 휴대폰으로 대박 나지 옴니트랙스 따위로 크는 회사가 아니었다.

'생각보다 순수한데.'

마음에 들었다.

나는 10만 달러를 그녀 앞으로 조금 밀었다.

왜 그러냐는 듯 쳐다본다. 그 큰 눈으로.

살짝 미소 지어 줬다.

"이게 당신의 팔에 닿는 순간 가져가시면 됩니다. 벌써 5분이 지났군요."

"어머, 이런 식으로 주시는 거예요? 정말 독특한 분이시군요."

"사람 보는 눈도 독특합니다. 코트니노바 양은 일하시는 곳이 어딥니까?"

소속된 회사를 물어본 거다.

"……부끄럽지만 집 헛간에서요."

회사 소속이 아니라는 건가?

어쨌든 애니카도 독특했다.

차고에서 성공했다는 말은 들어 봤어도 헛간은 처음 들어 봤다.

"그렇군요. 그럼 퀄컴엔 무슨 일 때문에 가시는지 물어봐도 될까요?"

"퀼컴······ 아, 퀄리티 커뮤니케이션즈요?"

"네."

대답과 함께 애니카가 가방에서 주섬주섬 뭘 꺼냈다.

어떤 도면 같은 거였는데 그녀는 이걸 이렇게 설명했다.

"퀄리티······ 아, 퀼컴에 가려던 이유는요. 이걸 팔기 위해
서였어요. 통신망에 관한 기술인데 아직 연구단계긴 하지만
제 생각엔 획기적이긴 해요. 성공만 한다면 통신시장에 엄청
난 도움이 될 거예요."

"······."

테이블 아래에 있는 두 주먹이 불끈 쥐어졌다.

필사적으로 어금니에 힘 들어가는 걸 막았다.

최대한 자연스럽게 최대한 부드럽게.

"제가······ 볼 수 있을까요?"

"그럼요."

순서대로 다시 정리해서 넘겨주는데 받는 손이 후덜덜 떨
려 온다.

왜 이렇게 황송할까.

떨리는 마음을 진정시키고 겨우 맨 앞 첫 장을 봤다.

[Code Division Access]

맞다. 이거다. 이거였다!

으아아아아아아아아아아아아악!!!

고함이라도 치고 싶었으나 태어나 지금껏 발휘해 본 적 없던 초인적인 인내심으로 참아 냈다.

스르륵. 스르륵.

한 장 한 장 읽는 척했다.

온갖 도형과 수식, 그래프가 난무하고 알 수 없을 약자들이 휘갈겨 쓰여 있지만, 고개를 끄덕여 줬다.

질문도 던져 준다.

"이걸 혼자서 연구하셨습니까?"

"혼자 남은 거죠."

몇 명이 더 있었다는 뜻.

"그럼 최초엔 몇 명이 하셨나요?"

"친구랑 셋이 했는데 다 떠나가고 저만 남았어요."

"두 사람이 나갔군요. 그들은 어디로 갔습니까?"

"어디로 간 건 아니고요. 그냥 동네에 있어요. 안됐죠. 생활고만 아니었으면 계속할 수 있었는데. 메리는 식당 점원을 하고요. 마리아는 아버지 일을 도와요."

진짜 친구 셋이서 일을 만든 모양이다.

"혹 그분들도 이만큼 하십니까?"

"메리도 저 못지않고요. 마리아는 거의 천재죠. 이것도 마리아의 발상에서 시작된 거니까요. 걔 좀 아까워요."

아깝다. 나도 많이 아깝다.

"세 분이시라면 그냥은 시작하지 않으셨을 테고 회사를 차렸나요?"

"그건 왜……? 아니, 차리긴 했는데 이젠 폐업하려고요."

"폐업이요? 왜요?"

"주시면 돈을 받긴 하겠는데…… 사실 저도 지쳤거든요. 언제까지 붙들고만 있을 수는 없는 노릇이고. 그거 받으면 빚 갚고 나머진 나눠 가지려고요."

번아웃 증후군인가.

그러고 보니 다크서클이 광대까지 내려온 것 같다.

이해했다. 기약도 보상도 없는 일에 매달리면 누구라도 이런 꼴을 당하기 마련.

나도 배에 힘을 주었다.

"회사명이 뭔가요?"

"문라이트(moonlight)요."

부끄러워하였다.

"문라이트라면…… 코트니노바 양, 혹시 저기 산 넘어 하프 문 베이에서 살아요?"

"어머, 어떻게 알았어요?"

"이 근처에서 문이 들어가는 건 거기밖에 없잖아요."

"정말 똑똑하시다. 역시 회사는 똑똑한 사람이 운영해야 하나 봐요."

"코트니노바 양도 똑똑하십니다. 이걸 설계해 냈잖아요."

그녀가 준 종이를 흔들었다.

이번엔 오히려 그녀가 놀랐다.

"설마…… 알아보시나요?"

"웬걸요. 코드분할 방식. 간단히 말해 사용자를 코드로 인식한다는 거죠. 모두가 시간과 주파수를 논할 때 홀로 코드화라. 내 계산대로라면 기존의 아날로그보다 최소 5배는 더 수용 용량이 확장될 겁니다."

"어머!"

"개별로 코드화시켜 놓은 것이니 언제 걸어도 통화 품질 또한 우수할 겁니다. 무한정으로 늘릴 수 없는 주파수 대역을 감안한다면 이 코드분할 기술은 정말 가치가 높은 기술 같군요. 다만."

"다만……요?"

"두 가지가 관건이 되겠네요. 넓은 지역으로 어떤 식으로 뿌릴 거냐와 또 이걸 중계기에서 얼마나 빨리 교환하느냐가 문제가 되겠어요."

"맞아요. 맞아요. 그게 제일 문제예요. 어머, 정말 이걸 다 알아봤어."

막 소녀처럼 박수치던 애니카가 또 벌떡 일어나 나에게 다가왔다.

"당신은 누구시죠? 어떻게 이걸 한 번 보고 알 수 있죠? 혹 당신도 이걸 연구했나요? 나를 잡은 것도 그럼…… 음, 그 정도는 아니겠구나. 당신이 나를 알고 접근하지는 않은 것 같네요. 그럼 이걸 어떻게 설명하지? 우연에 우연을 중첩시켜도 이렇게 만날 확률은 없는데."

"이런 걸 운명이라고 하죠."

"운명이요?"

"그리고 저도 실은…… 주변에서 천재로 불린답니다."

달리 할 말도 없어 이렇게 답했다.

그랬더니 애니카가 마구 박수치며 웃었다.

"그랬구나. 천재였구나. 마리아처럼 천재라서 가능한 거였어. 어머, 마리아 같은 사람이 또 있었네. 천재는 판단이 불가능하니까. 오호호호호~."

의도치 않게 완전히 납득하길래 얼른 손부터 내밀었다.

"저와 계약하시죠."

"계……약이요?"

"문라이트를 파세요. 제가 사겠습니다."

"문라이트를요?"

"100만 달러 드리겠습니다. 당신과 메리, 마리아까지 같이 오는 조건으로요."

"우리 셋을 다 고용하신다고요?"

"회사 기밀을 누출한다거나 치명적인 손해를 입히지 않는 이상 해고 걱정 없는 종신 고용으로 계약하겠습니다. 어떻습니까? 전 이 기술로 휴대전화를 만들 생각입니다만."

"정말요? 정말 저희에게 이렇게 해 주시는 거예요? 상용화도 같이요?"

"여부가 있겠습니까? 셋 모두에게 연봉 10만 달러를 지급하겠습니다. 스톡옵션으로도 각 1%씩 드리죠."

"스톡옵션? 아니, 연봉을 10만 달러나 주시는 건가요?"

미래를 생각한다면 스톡옵션이 더 중요한데도 애니카는 연봉에만 귀 기울였다.

역시나 아무것도 모르는 아가씨였다.

"하시겠습니까?"

"해야죠. 당연히 해야죠. 저 전화 좀 해도 될까요? 메리랑 마리아한테 할 건데…… 실례가 안 된다면."

"하십시오. 기쁨은 나누는 게 친구죠."

"감사합니다. 정말 감사합니다."

비치된 전화를 바로 돌려 버리는 애니카였다.

기쁨을 감추지 못했고 봄날 꽃구경 온 처녀마냥 들썩거렸다.

그런 모습을 보면서 퀄컴이라면 과연 애니카를 어떻게 대했을까를 떠올려 보았다.

'뭘 궁금해해. 아마도 기술만 호로록하고 끝냈겠지. 그놈들이 안면 바꾸는 거 못 봤어?'

한국 덕택에 컸으면서도 시장이 만들어지는 순간 잽싸게 한국을 외면한 놈들.

대양이 놈들의 갑질 때문에 얼마나 곤욕을 치렀는지 다 봤다.

원천 기술만 아니었다면 애초 만나지도 않았을 놈들이었다.

'하늘이 날…… 아니, 대한민국을 도왔던가.'

이렇게밖에 설명이 안 됐다.

하필 오늘 내가 왔고 하필 오늘 그녀가 왔다.

모퉁이에서 부딪히지 않았다면, 순간이나마 기술명을 보지 못했다면 이 일이 어떻게 됐을까.

그리고 2008년의 애니카는 어떤 심정으로 살았을까.

가정만으로도 심장이 다 철렁인다.

나는 이렇게 정의내릴 수밖에 없었다.

오늘의 만남은 모두를 도왔다고.

하늘은 돼지처럼 혼자만 먹고 토끼는 놈들이 아닌 상생을 선택한 거라고.

갈 사람한테 가고 올 사람한테 오는 상생.

나는 또 이걸 내 식으로 판단했다. 이 일이야말로 하늘이 나를 돕는다는 증명이라고. 회귀도 그렇고 그렇지 않고서는 절대로 설명할 수 없노라고.

다음 날이 왔다.

애니카의 호출에 따라 마리아, 메리가 모두 달려와 밸리로펌에 모였다. 역사적 현장이었다. 모두가 문라이트의 소유권이 내게로 오는 걸 찬성했다.

상호도 DGO 시스템즈로 정식 개명하고 세 여인을 위한 고용 계약서도 미리 고지한 조건으로 치렀다.

100만 달러도 애니카의 요청에 따라 똑같이 분배되어 지급됐고 밸리 로펌에서 이 모든 걸 공증하였다.

일 처리가 워낙에 깔끔해 밸리 로펌과도 계약을 맺었다. 앞으로 나올 기술에 대한 특허권과 더불어 운영 전반에 대한 법적 자문을 모두 밸리에서 하기로 했다.

맡겨 달란다. 언제든지 달려오겠단다.

역시 자본주의의 나라.

계약을 끝내고서도 난 일주일을 더 지냈다.

밸리 로펌의 조언에 따라 정부 지원이 좋은 실리콘 밸리 내에 연구소를 개설했고 세 여인이 살 집 또한 인근에 수영장 딸린 저택으로 150만 달러나 주고 하나 구해 줬다. 물론 DGO 시스템즈 이름으로.

단도리를 위해 아예 데리고 다녔다.

초호화로 놀며 보여 줬다.

나만 따라오면 너희들도 이렇게 살 거라고.

그녀들의 집에 찾아가서 대양 제품으로 싹 도배를 해 줬고 저택으로도 초대해 물량 공세로 물고 빨았다.

여길 가도 초호화. 저길 가도 초호화.

하는 김에 씨바. 다 초호화.

여자 셋?

그냥 뻑가 버린다.

그녀들의 집안?

이미 뻑간 지 오래다.

나는 더더욱 나만 따라오면 내가 모든 것을 보장하겠다고 떠벌렸다.

모두가 답 없이 뻑가 버린다.

돌아갈 때쯤 되자 나는 어떤 종교의 교주쯤 되어 있었다.

그래서 얼마나 썼던가.

까짓거 CDMA 기술 하나 사는 데 300만 달러 정도 들었다.

씨벌.

Chapter 4. 보통 사람

개선장군, 금의환향, 금방제명.

지금 이 기분을 어떻게 표현해야 할까.

그냥 영광이었다. 밥 안 먹어도 배불렀고.

이 이상은 아쉽게도 어휘력이 딸려 떠오르지 않지만 뭐 어떤가. 이제 돌아갈 수 있고 돌아가기만 하면 모든 일이 술술 풀릴 것이다.

잔뜩 몸 달았을 최 회장이나 갈구고 뜯어낼 건 뜯어내고 삼촌이나 슬슬 밀어주면 끝.

가뿐한 마음으로 샌프란시스코 공항에 들어섰는데 갑자기 주변이 너무 소란스러웠다.

"꺄악~."

"끼아악."

"꺄아아악."

이리 뛰고 저리 뛰고 난리가 나 돌아보았더니 웬 남자 하나를 두고 여자들이 우르르 따라가는 거였다.

어디서 많이 본 남자였다.

"누구지?"

"할리우드 배우 같은데요."

"할리우드 배우? 아! 미키 루크."

"미키 루크요?"

"나인 하프 위크 찍은 애. 오호, 어디 갔다 오는 모양이네. 가만! 영화!"

"네?"

"내가 이 좋은 걸 그냥 두고 가려 했네. 하 비서."

"넵."

"LA에 가서 며칠 더 머무를 테니까 할리우드 영화사 좀 싹 조사해 와."

"알겠습니다."

"도련님, 그럼……."

"LA로 간다."

우리는 방향을 틀어 LA로 날아갔다.

일단은 몸부터 날아온지라 할 것도 없어 할리우드나 가서 거기 할리우드 힐스 사인 포토존에서 사진 찍고 거리도 좀 돌아보고 유명 배우가 온다던 식당에서 밥도 먹고 관광객으로서 누릴 건 다 했다.

그래도 시간이 남아돌아 다시 유니버설시티로 올라가 유원지처럼 해 놓은 곳을 뱅뱅 돌았고 그럴수록 난 내가 뭔가 잘못 판단하고 있지 않을까 의심이 들었다.

88년도도 미국은 미국이었다.

'이거 보통 발전한 게 아니네. 과거로 돌아왔다고 만만히 봤더니 감히 내가 끼어들 판이 아닌 것 같은데.'

수중의 돈이라고 해 봤자 운영비 빼놓고 1,000만 달러가 다였다.

미래를 안다고 해서 모든 걸 통달한 것도 아니고 주변을 돌아볼수록 내가 가진 힘이 너무도 빈약하다는 것만 깨달았다.

여긴 자본가의 도시였다.

이 깨달음은 밤이 되어 하제필이 조사해 온 걸 보면서 더욱 굳어 갔다.

"이거 한 다리라도 걸치려면 억 단위가 필요하겠어."

"할리우드답습니다. 규모가 엄청나군요. 영화 하나에 몇백 억씩 투자할 수 있는 곳은 전 세계에서도 할리우드밖에 없을 겁니다. 그것도 한 해에 몇 편씩이나요."

"그러곤 몇천억씩 벌어들이겠지. 점점 더 커질 테고."

"그렇게 쌓은 부를 엉뚱한 데 쏟지 않고 다시 영화에 재투

자하더군요. 성공만 한다면 엄청난 부가효과를 누리겠어요."

"시스템도 그래. 모든 걸 영화사에서 조율해. 감독은 촬영만 하고. 마케팅부터 전반은 다 영화사 몫이야. 아주 바른 행태지."

"그래도 감독의 독창성을 방해한다는 의견도 오가고 있습니다."

"웃기는 소리. 그 독창성을 인정하니까 작품에 따라 감독 선임에 공을 들이는 거 아니겠어? 최대한 어울리는 감독으로 말이야."

"그럴 수도 있겠네요. 하지만 그래도 몇몇의 발언권은 무척 세더군요."

"스티븐 스필버그나 조지 루카스가 그렇겠지."

"거물들이죠."

"아무래도 방법이 없겠어. 괜히 얼러 봤자 자존심만 상할 것 같아. 안 되겠어. 일단은 철수하자."

"그냥 두실 생각이십니까?"

"두고 봐야지. 이제부터라도 잘 지켜보다가 하나씩 짚어가 보자고."

"옳으신 판단입니다. 사실 전 실리콘 밸리에서의 일도 의문투성이거든요."

"뭐가?"

"도련님이 워낙 기뻐해서 잠자코 있었지만, 아무리 좋은 연구원이라도 젊은 처자 셋에게 다 맡겨도 되는 겁니까?"

"미덥지 않구나?"

"네."

"놔둬. 일단 키는 던져 줬으니까 알아서 만들어올 거야. 나머진 한국에서 해결해야 할 부분이라 어쩔 수가 없어."

"확신하십니까?"

"응, 기대해도 좋아. 사실 이것만 해도 대박이나 다름없지. 내가 괜한 욕심부렸어. 내일 돌아가자. 슬슬 김치찌개가 땡기네."

"알겠습니다. 그리 알고 준비하겠습니다."

내가 영화산업에 눈독 들인 이유는 딱 한 가지밖에 없었다.

나중에 대양제당이 분사하며 여러 사업을 벌이는데 거의 모두 큰 성공을 거둔다. 거기에 영화사업이 있다는 것.

사실 남 성공하는 것까진 관여하고 싶지 않았으나 그들과 나는 유독 유감이 많았다.

괜히 나를 싫어하고 나를 제일 무시한 놈들이었으니까.

웬만하면 설탕에서 못 나오게 해 주고 싶었다.

다음 날이 되자 우린 제일 빠른 항공편을 타고 한국으로 날아갔다.

영화는 다음으로 미루게 됐지만 어쨌든 큰 성공을 거두었고 그 성공이 길이길이 나의 버팀목이 되어 줄 거라 믿어 의심치 않았다.

장밋빛 미래가 나를 부른다.

"나 돌아왔습니다~."

그러나 우리 집은 여전했다.

어머니는 없었고 아버지도 집에 안 계셨다. 오민선은 여전히 코빼기도 보이지 않았고.

가정부만 와서 인사해 대는데 김이 팍 샜다.

자랑질 좀 했으면 좋겠는데…….

역시나 나도 아무것도 안 해도 피곤한 게 여행 후인지라 여독이나 풀까 하여 곧장 방으로 들어가 버렸다.

일찍 잠이나 자려는데 또 어떻게 알았는지 대양의 비서실장이 날 찾아왔다.

은근 지겹다.

오더니 가타부타도 없이 내일 중요한 곳으로 가야 하니 준비하고 있으란다.

어디냐고 물어도 답도 안 해 주고 가뜩이나 마음도 심통 서러운데 뒤통수에다 슬리퍼를 던지고 싶었지만, 아직 미국에서의 성공 여파가 남아 있던 터라 인내해 줬다.

지금은 애니카만 생각해도 배부르다.

다음 날이 되어 빈둥빈둥 침대에서 뒹굴고 있는데 다시 연락이 왔다. 곧 도착한다고.

드레스 코드는 정중함이란다.

더구나 삼촌의 차량.

대기타다 도착한 차량에 탑승했음에도 삼촌은 인사만 받을 뿐 묵묵부답이었다.

오랜만에 조카가 돌아왔는데 이러쿵저러쿵은 아니더라도 반가운 기색은 보여야 정상일 텐데.

나도 가는 방향이 삼청당 쪽이라 또 거기 가나 싶어 일단은 조용히 있었다. 너무 늦게 들어와 삐쳤나 고민하면서.

하지만 차량은 삼청당으로 꺾어야 할 곳에서 꺾지 않고 직진하였다.

'응?'

또한 얼마 지나지 않아 바리케이드로 진을 친 장소에 도달하였고 경찰인지 헌병인지 잘 구분도 안 가는 이들에게 신분 증명을 받아야 했다.

그때 알았다.

삼촌이 중요하다고 말한 곳이 어디 뢰인지.

우리가 가는 곳은 다름 아닌 청와대였다.

길 막고 지키는 문지기 놈들조차 사람 깔보는 눈길을 자연스레 뿌리는 곳.

기르는 개조차 털이라도 날릴까 피해야 할 곳.

과거 왕후장상이 부럽지 않을 권력의 정점이자 이 시대 진짜배기 권력자가 사는 곳.

청와대.

다시 말하지만 88년도의 대통령은 뭘 해도 욕만 처먹는 미래의 대통령들과는 질적으로 다르다.

무소불위격 강력한 권력의 소유자.

말 한마디에 산천초목이 떨고 비바람마저 감히 숨죽이는 건 예삿일에 속한다.

국가 대소사가 그의 의중 하나에 결정되고 수틀리면 잘 가던 것도 흔적도 없이 사라진다.

이유, 논리, 상식은 필요 없다.

모든 시선이 그에게 맞춰지고 그의 발걸음에 홍해마저 갈라져야 옳았다.

이게 지금 시절이다.

지금의 대통령도 역시 그랬고.

오히려 더 확고할 수도 있었다. 전 대통령 시절부터 공고히 해 온 권력이 올해 꽃을 발했고 앞으로도 5년간은 더 화려하게 피어오를 테니까.

내가…….

이 내가…….

그런 자가 있는 곳에 들어온 거였다.

'젠장…….'

침이 꼴깍 삼켜졌다.

도대체 무슨 이유로 날…….

왜 하필 나까지 여길…….

하지만 날 데려왔다는 건 그가 나를 콕 집었다는 방증이다. 이게 문제였다. 듣보잡에 갓 스무 살짜리 청년을 왜 그가 보자 하였을까.

대체…… 왜…….

아무리 쳐다봐도 삼촌은 끝까지 아무 말도 하지 않았다. 왜 이 사람은 나에게 힌트조차 주지 않는 걸까. 날 버리려는 건가?

별별 생각이 다 들었지만, 그 이유는 의외로 쉬운 데서 풀렸다.

안내된 별채에 들어서자마자 보이는 얼굴.

이미 와서 대기타던 인간을 보는 순간 내가 여기에 끌려온 이유가 촤라락 나열됐다.

최 회장.

'이 씨벌노미. 결국 나까지 불었구만. 그새를 못 참고.'

미치겠다.

물론 한시가 바쁠 때 대양의 전권을 가진 내가 미국으로의 긴 외유를 떠난 건 맞다.

아무리 기다려도 돌아오지 않는 건 당연하고 연락조차 되지 않으니 어쩔 수 없었을 테지.

청와대도 선영이 대양과 접촉한 사실을 알고 있었을 것이다. 그리고 물었겠지. 왜 진척사항을 가지고 오지 않냐고.

하루 이틀은 미룰 수 있으나 결국 실토했을 것이다. 대양이 움직이지 않는다고.

이걸 누가 곧이곧대로 믿을까?

반도체 하는 대양이 이동전화 사업을 미뤄?

안기부 조사는 당연지사로 들어가고.

드러났을 것이다. 당시 거기에 껴 있던 나란 존재가, 그것도 두 번이나 껴 있었으니 어떤 식으로든 부각됐을 거고.

화살이 또 최 회장에게 갔을 테고.

결국 오도 가도 못한 최 회장은 기간망 사업이 내 머리에서 나왔다는 걸 토하고 그 결과로 내가 불려오게 됐다.

이게 대략의 짐작인데…….

어쨌든 보통 일이 아니었다.

뒷골로 식은땀이 주르륵 흘러내린다.

'까딱 잘못하다간 완전히 털릴지도 모르겠는데. 일이 왜 이렇게까지 된 거야! 최 회장 새끼는 그것도 버티지 못하고 나까지 불어서…… 아이고, 두야.'

도대체 어디까지 알고 있는지.

날 불러다 무슨 얘기를 할지.

겁만 나고 감도 잡히지 않는다.

긴장감에 상의는 젖어 가고 입은 침이 계속 마르고.

머리는 뒤죽박죽.

한국에 괜히 왔다 싶은데…….

원흉인 최 회장을 노려봤다.

이놈도 고작 열흘이 좀 넘는 기간 동안 거의 십 년은 더 늙은 것 같다만 하나도 동정이 가지 않았다.

'넌 이제 뭘 해도 네 몫을 못 챙길 거다. 개자식아. 두고 보자고. 아주 끝까지 개작살 내 주겠어.'

"최 회장님이 먼저 와 계셨군요."

"나 회장. 반갑네. 오 대표 자네도 결국 왔구먼."

"안녕하셨어요?"

"미국물이 좋은가 보군. 신수가 훤해졌어."

"아무렴요. 거긴 세계 최고의 나라니까요."

"후후후, 그렇겠지."

왠지 자조적인 미소였다.

기운도 팍 죽었고.

자신의 운명을 직감한 건지는 모르겠지만 이제 하나는 확실하였다.

보통 사람이 나섰으니 그의 파이는 더욱 줄어들 거라고.

나로 인해 더더더욱 줄어들 거라고.

연거푸 지속적으로 영원토록 줄어들 거라고.

창밖만 내다보는 그만 노려보고 있는데 얼마 있지 않아 대통령 비서실장이 들어왔다.

이 양반도 포스가 엄청났다.

우리 기업인쯤은 안중에도 없는 듯 행동했고 우린 또 그걸 당연하게 받아들여야 했다.

그가 안내하는 길을 따라 죄인처럼 이동했는데 결국 우린 대통령 집무실까지 들어가야 했다.

그리고 마침내 대망의 그를 보았다.

긴장감이 최고조로 오르고.

지금 내 눈앞에 이 시대 최고의 권력자가 있다!

뒤로 금박을 입힌 무궁화와 봉황을 둔 책상에 있던 그가 우릴 보고 일어나는 순간 나는 나도 모르게 냅다 경례부터 올려붙였다.

"충성!"

다들 깜짝 놀라 나를 보았으나 이미 버린 몸.

개의치 않고 두 눈 부릅뜨며 대통령만 보았다.

살짝 의아해하던 대통령도 익숙한 경상도 사투리와 함께 환히 웃으며 다가왔다.

"허허허허, 거 오랜만에 보는 각진 경례 아이가."

"안녕하십니까. 대통령 각하. 올해 스무 살인 오대길입니다!"

뒤에서 욕하든 비겁자라고 잘근잘근 씹든 난 모르겠다.

누군들 이 대통령 앞에서 고개를 빳빳이 들 수 있을까?

앞으로 총질하고 뒤로 축재하는 나쁜 놈이라도 지금 이 순간 나에겐 내 명줄을 쥔 아버지나 마찬가지였다.

무조건 충성한다. 있는 대로 충성한다. 가진 모든 것을 다해 충성한다.

충성, 충성, 충성, 충성, 충성, 충성, 충성, 충성⋯⋯.

내일도 충성. 모레도 충성. 글피도 그글피도 충성. 매일매일 충성 또 충성.

욕하지 마라. 뱉도 없는 놈이라 이러는 게 아니다. 그리고 난 이승복 어린이도 아니다. 난 살아야 했고 또 행복하게 살아야 했다. 그걸 위해서라면 뭐든 할 수 있다.

그런 전차로 난 기합을 잔뜩 올린 채 끝까지 경례를 풀지 않았다.

그제야 대통령도 좋다는 듯 화답 경례를 해 줬다.

"충성. 쉬어."

부동자세로 척 멈추니 대통령이 내 어깨를 부여잡았다.

우와~ 온몸에 전율이 짜르르.

오금이 탁 풀리려 한다.

쓰러지지 않기 위해 눈에 더욱 힘을 주었다.

"오야오야. 이제 됐다. 편히 하거라. 괜찮다."

"알겠습니다!"

마지막 대답마저 만족했던지 대통령이 삼촌을 보며 웃었다.

"허허허허, 나 회장이 신통한 조카를 두었구만."

"아닙니다."

고개를 살짝 숙이는 거로 겸손함을 표현한 삼촌은 이내 곁으로 온 나를 옆으로 세웠다.

"자자, 앉으시게. 식사는 하셨던가?"

"간단히 요기만 하고 왔습니다."

"그래, 부른 시간이 애매하긴 했다. 비서실장, 다과를 좀 여유롭게 가온나. 알겠나?"

"준비하겠습니다."

비서실장은 나가자마자 금세 들어와 대통령 뒤에 섰다.

곧이어 여러 가지 먹거리가 세팅되며 자리가 완성됐는데 대통령이 또 나를 환히 웃으며 바라보았다.

이럴 땐 꼭 옆집 할아버지 같다.

"허허허허. 그래, 미국엘 다녀왔다고?"

"네, 그렇습니다."

"재밌드나?"

"할 게 많은 나라여서 재밌었습니다. 모든 물자가 풍부하고 사람들의 표정도 풍요롭기 그지없어 부럽기도 했고요."

"무엇을 보고 왔노?"

"솔직히 이런 말씀을 드려도 될지 모르겠습니다."

"해라. 괜찮다."

"대한민국의 미래입니다."

"대한민국의 미래?"

살짝 눈썹이 올라갔다.

궁금하다는 소리 같았다.

나도 최대한 부드럽게 풀었다.

"우리도 저렇게 살았으면 좋겠다는 소망을 품어 봤습니다."

"어디에서 그런 걸 느꼈노?"

"부유한 건 말할 것도 없고 각자 자유분방하게 살지만, 국익이 달리는 순간 너무도 단단하게 뭉쳤습니다. 미국엔 애국자들이 아주 많았습니다."

"그래, 맞다. 애국자가 중요하다 아이가. 잘 봤네. 잘 봤어. 요즘 젊은것들은 국가가 얼마나 소중한지 모른다. 애국이야말로 우리의 살길인데 말이다. 허허허허허."

"……넵."

내가 겸손히 고개를 숙이자 이번엔 삼촌을 봤다.

"나 회장은 좋겠다. 이렇게 애국심이 투철한 조카를 두고."

"별말씀을요. 워낙에 특별한 아이긴 합니다만 각하의 마음에 드실지 모르겠습니다. 아직 배울 게 많은 아이입니다."

"그러게 말이다. 다 좋다 해도, 아무리 좋게 봐도 난 도무지 믿어지지가 않는다. 똑똑하게 생긴 건 알겠는데 정말 맞나? 야가 다 한 거? 요 어린 아가. 요 쪼매난 아가. 자네에게 130억이나 턱턱 받아묵을 짓을 했는지…… 또 정보 통신이라는 국가적 사업에 길을 제시한다는 게 말이 되는지 말이다. 내 말이 틀리나?"

대통령의 안색이 싹 변했다.

동시에 나의 숨도 턱 막혔다.

Chapter 5. 아시아는 다 먹어야죠

사아아아아아.

천 년 묵은 이무기가 입 벌리고 다가올 때 이런 소리가 날까.

스스스스스스.

생명을 산 채로 얼려 버리는 극한의 추위가 다가올 때 이런 소리가 날 건가.

"……."

"……."

용각산처럼 아무 소리도 나지 않음에도 왜 이다지 이무기보다 무섭고 극한의 추위보다 더한 공포를 느낄까.

대통령이 노려본다.

방금 전까지 시집가기 직전인 처녀처럼 헤실헤실 웃던 양반의 안색이 급격히 굳어 가며 동지섣달 그믐달처럼 싸늘해진다.

이게 뭘까. 지킬 앤 하이드인가.

사람 좋은 미소로 일관하던 꼬부랑 눈꼬리가 치솟는다. 보일 듯 보이지 않던 눈동자에 송곳 같은 기세가 실린다. 입술이 올라가며 살짝 보이는 송곳니조차 위협스럽기 그지없다. 얼핏 잔인해 보이기까지 하다.

갑자기 열 배나 더 커 보인다.

우와~~~~.

곁에 있는 자로서 이 순간의 감각을 약간이라도 공유하자면, 측정 불가. 예측 불가. 탐색 불가. 온통 불가 판정에 세상이 전부 검붉은 적신호만으로 가득한 느낌.

실수였다. 내가 완전히 잘못 판단하였다.

대통령……

그동안 내가 졸라 무시했던 대통령은 아무나 되는 게 아니었다.

특히 내 앞에 있는 자는 지난 격동의 시기를 온몸으로 거쳐 온 자. 한 번만 발 잘못 디뎌도 발목이 잘리고 한 번만 눈 잘못 감으면 목이 잘리는 살벌한 시기를 살아남아 정점에 오른 자였다.

준비에 준비를 더해도 조심하기 그지없어야 할 인물이거 늘. 엇! 하는 순간 어떻게 변할지 모를 위인이거늘.

이미 전신으로 긴장하는 순간에도 그것조차 만만히 봤음을 처절히 깨닫는다. 부족했음을.

나는…… 지금 내 눈앞에 있는 자는 사람이 아니라고 보는 게 맞았다. 차라리 괴물이라 보는 게 옳았다. 시선만 잘못 피해도 한입에 삼키고 틈이라도 보였다간 연약한 육신을 갈기 갈기 찢어 버릴 수 있는 괴력난신의 괴물.

괴물. 그게 맞았다. 괴물. 이놈은 괴물이다.

'아, 씨벌. 내가 지금까지 누굴 뒷담화한 거야? 대길아, 너 하루에도 수십 번씩 요단강 건널 뻔한 거다. 정신 차려. 정신 차려라. 집중! 또 집중! 한순간이라도 흐름을 놓치면 그냥 죽 는다 생각해라. 여긴 괴물의 둥지다.'

어금니를 콱 깨물고 아랫배에 딱 힘을 주었다.

가진 모든 힘을 동원에 흩어져 가는 정신을 부여잡았다.

전심을 다해 기세에 대항했다.

'파악해. 파악하란 말이야. 이자가 어째서 갑자기 날 걸고 넘어지는지. 그래서 원하는 게 뭔지, 어떻게 이 상황을 돌파 해 낼 수 있는지 알아야 해. 무조건 해내야 해. 넌 누구도 아 닌 회귀자다.'

그제야 조금씩 정신이 돌아왔다.

타이틀 회귀자. 회귀자는, 특히 나 같은 회귀자는 최소 20

년을 내다볼 수 있는 존재.

괴물조차도 헤아리기 힘든 언터처블이다.

언터처블.

그 사실을 상기하자 정신이 더 맑아졌다.

이 기조를 붙잡아 더욱더 나를 찾아갔다.

방벽을 쌓았다.

그렇게 조금씩 여유를 찾아가던 도중 시선이 우연찮게 삼촌에게 향했다.

'세상에……'

깜짝 놀랐다.

'이 사람…… 아직도 대통령과 눈싸움 중이다.'

난 빗겨나 있었다.

그럼에도 제정신 차릴 때까지 이토록 헤맸는데 삼촌은 정면으로 받으면서도 버티는 정도가 아니라 아예 싸우고 있었다.

혀를 내둘렀다.

난 삼촌마저 잘못 알고 있었던 거다.

'이게 삼촌의 진면목인가. 이게 바로 진짜들의 싸움이구나.'

진짜배기들의 세계. 그리고 그들의 싸움.

그 한가운데 위치하고 나서야 나는 내가 아직도 변방에 머물러 있음을 깨달았다.

'이거 어이가 없네.'

전에 서재에서 느꼈던 기세도 가족 특수로 많이 봐준 게 틀림없었다.

진짜로 삼촌이 덤볐다면 나는 회귀한 내용까지 떠벌렸을지도 모른다. 그만큼 강렬했다.

이런 세계를 두고 몇몇쯤 찍어 눌렀다고 기고만장했다.

난 아직도 한참 먼 거다. 한참 멀었다.

그 순간 삼촌이 움직였다.

"진정 검증을 원하시는 겁니까?"

"검증이라…… 내 말이 틀렸단 말이가?"

"최 회장과 저 두 사람이 보증함에도 더 원하신다면 달리 방법이 없겠지만, 꼭 그러셔야겠습니까? 스무 살짜리가 이곳에 들어온 것만도 이미 평범하지 않음을 증명하는 일일 텐데요."

"그럴 수도 있겠지. 그럼 나 회장은 처음부터 야의 능력을 알았던 기가?"

"저도 아닙니다. 평소 잘 오지도 않던 가족 모임에 덜컥 와서는 대뜸 제게 충고를 해 댔습니다. 놀라운 건 그게 하나도 틀린 말이 없는 거였죠. 아니, 오히려 대부분이 저보다 앞섰습니다. 그때 제가 어떤 기분이었는지는 굳이 말씀드리지 않겠지만, 이 녀석은 그것도 모자라 그 애길 돈으로 사라더군요. 이걸 기업컨설팅이라 했습니다. 130억 원의 이유이지요."

"기업컨설팅?"

"개요는 간단합니다. 정비를 원하는 기업에게 비전을 제시하고 부족한 부분과 낭비된 부분을 지적, 채우거나 제거, 가장 효율적인 경영방침을 세워 주는 것이더군요. 아직 우리나라엔 이런 개념이 거의 없습니다."

"개념이 없다꼬? 알았다. 그건 그렇고, 그 말은 결국 나 회장이 겨우 스무 살짜리가 하라는 대로 했다는 거 아이가? 돈은 돈대로 주고."

"네."

"나 회장은 내를 지금 물로 보는 기가?"

"설마요. 제가 누구 앞에서 거짓을 입에 담겠습니까? 다만, 더도 말고 덜도 말고 그 결과가 지금 이 자리입니다. 믿지 않으셔도 이게 진실이고요. 돌파력 하면 따를 자가 없는 최 회장도 이렇게 두 손 들지 않았습니까."

이 와중에도 은근슬쩍 화살을 최 회장에게로 돌리는 삼촌이었다.

시선도 당연히 그리로 돌아갔다.

가만히 있다가 화살 맞은 최 회장은 순간 당황해했으나 서슬 퍼런 대통령의 눈길에 서둘러 입부터 열었다.

"……제 보기에도 보통 녀석이 아닌 건 확실합니다. 저도 처음엔 뭐 이런 망둥이 같은 놈이 다 있나 분격했지만, 가만히 되돌아보면 틀린 말이 하나도 없었죠. 제 앞에서도 나 회장에게 컨설팅 비용을 요구했고 저에게도 그랬습니다. 그리고 보는 앞에서 이 사업에 대한 대양의 전권을 넘겨받았기도 하고요."

"사돈, 똑바로 말해야 합니다. 내 지금 진지한 거 보이시지예. 하나라도 틀리면 안 됩니더. 내 지금 기분이 꼴랑꼴랑하는 거 아십니꺼?"

대통령의 미간이 잔뜩 찌푸려졌다.

최 회장은 더욱 자세를 낮췄다.

"아이고, 가족 될 분께 제가 어떻게 다른 말을 지어서 하겠습니까? 몇 마디로 시험해 보면 당장에 아실 일을요."

"진짜로 그렇습니꺼?"

"두말할 것도 없습니다. 이왕지사 이렇게 나온 김에 먼저 대양 컨설팅 건부터 짚어 보시는 건 어떠십니까? 그것만 들어도 이 녀석의 기량이 판단되지 않겠습니까?"

"흐음……."

대통령의 시선이 또 나에게로 돌아왔다.

아까처럼 날을 세우지 않았지만, 날이 세워진 여파는 고스란히 남은 눈빛이었다.

아팠다. 눈길을 받는 것만도 피부가 찢어지는 느낌이다.

최 회장 개새끼.

뒈지려면 혼자 뒈지지 왜 나까지 끌어들이고.

더구나 화살을 돌리면서 대양의 컨설팅 내용까지 알아내려 한다.

이런 개새끼가 다 어디 있나.

넌 진짜 내가 절대로 가만히 안 둔다.

"야야."

"넵."

"니 이 사람들 말 정말이가? 내 앞에서는 솔직하게 말해도 괜찮다. 니한텐 하나도 피해 안 갈 테니 말해 봐라. 니 진짜 이걸 다 만들어 낸 기가?"

끝까지 믿고 싶지 않은 눈치였다.

아님, 괜히 날 떠보려 굴리는 걸 수도 있고.

하긴 스무 살짜리 남자애 하나가 그룹 회장 둘을 농락하고 대통령 앞까지 나온다는 게 쉽게 이해될 일은 아니다만, 아쉽게도 다른 선택지가 없었다.

다시 뱃심을 딱 부여잡고 답했다.

"……모두 진실입니다."

"진실? 니 내 눈을 똑똑히 봐라. 내 무서운 사람이데이. 거짓말하믄 크게 혼날지도 모른데이. 이래도 똑바로 말 안 하겠나?"

눈에 힘을 주나 역시 아까와 같은 기세는 발하지 않았다.

대통령은 아직도 나를 스무 살짜리 어린아이로 보는 모양이었다.

그 순간이었다.

대통령과 나 사이에 거대한 간격이 나타나며 길 두 개가 나타났다.

오래간만에 만난 갈림길이었다.

어디로 갈까.

왼쪽은 적당한 선을 지키며 계속 막후에서 활동하는 길.

오른쪽은 이 기회를 잡아 오히려 대통령에게 붙는 길.

어떻게 할까?

어느 쪽이 나을까?

솔직히 말해 지금은 잘 모르겠다. 이걸 시뮬레이션할 시간도 없고.

일단 앉은 자세에서 정중히 고개를 숙였다. 최대한 무게감을 실어.

"무엇이든 하명하십시오. 제가 아는 한도 내에서 최선을 다해 답하겠습니다."

니가 던지는 것에 따라 내 길을 정하겠다.

"그리 나온단 말이가. 허어, 이거 진짠가 보네. 야야, 니 이름이 오대길이랬제?"

"그렇습니다."

"니가 정말 나 회장을 움직인 거 맞나?"

"저는 나 회장을 움직이지 않았습니다. 제가 한 건 지도만 그린 겁니다."

"지도? 호오, 지도라. 이걸 그렇게 표현하나? ……하긴 지도를 쥐여 줘도 안 따라가믄 그만이긴 하다만. 그래, 나 회장한테 무슨 지도를 줬는데 이 사달이 난 기고?"

"사달이 아니고 기업컨설팅입니다. 그리고 아쉽지만, 그것까진 말씀드릴 수 없습니다. 컨설팅 내용은 대외비이며 잔금을 받은 이상 소유권은 제게 없습니다."

"뭐라?"

다시 집무실 분위기가 확 흐려졌다.

"이보게, 젊은이. 지금 각하께서 하문하시지 않나."

잠자코 있던 비서실장이 끼어들었다.

비서실장에게도 똑같이 말해 줬다.

"컨설팅은 어느 누가 와도 대외비입니다. 이걸 말하고 다닌다면 누구도 제게 컨설팅을 받으려 하지 않을 겁니다."

"허어…… 이거 아주 혼이 단단히 나 봐야 정신 차리겠군. 여기가 감히 어디라고……."

비서실장이 다가왔다.

숨이 턱 막혔다.

운명에 암운이 끼듯 그가 다가왔지만 나는 아무것도 할 수가 없었다. 그저 눈을 감는 것밖에.

그때 삼촌이 입을 열었다.

"허락하겠다. 이 자리에서만큼만 허락하겠다. 말씀드려도 된다."

"……정말 허락하시는 겁니까?"

"소유주의 권한으로 허락한다."

"소유주의 허락을 정식으로 접수합니다. 다만 이 건은 이

81

자리에서 만큼으로 한정합니다. 다른 분들도 여기에 동의하시고 발설하지 않겠다는 약속을 해 주시면 다 말씀드리겠습니다."

"그래도!"

멈칫했던 비서실장이 다가오는데 이번엔 나도 당당히 맞섰다.

하겠다는데도 더 지랄한다면 나도 마냥 당해 주지 않을 생각이었다.

그러나 이번엔 대통령이 끼어들었다.

"놔둬라. 됐다. 비서실장은 대양 일을 다른 데 가서 말할 끼가?"

"아닙니다."

"사돈은요?"

"저도 아닙니다."

"됐제? 내도 안 할 끼니까, 어서 말해 보거라. 요시키 요것도 억수로 고집쟁이네."

"알겠습니다. 동의해 주셔서 감사드립니다."

썰을 풀기 전 나는 우선 물을 한 모금 마셨다.

그리고 아직 분기가 가시지 않은 비서실장을 다시 불렀다.

"저…… 설명에 필요한데 화이트보드가 있습니까?"

"……."

얼굴이 붉으락푸르락하지만, 대통령이 가져오라니까 또 쪼르르 나가 내 옆에 대령했다.

이때 난 끝까지 비서실장의 눈을 피했다.

어쨌든 멍석이 깔렸다.

시작할 타임.

물론 무턱대고 공개한 건 아니었다.

선택과 집중이 필요하였고 삼촌이 허락했다고 해서 전부를 까발리는 건 절대로 있어선 안 될 일.

용인되는 선에서 현황을 브리핑하고 곁가지 사업은 축소하는 대신 현안인 통신사업에 대한 부분을 집중적으로 다뤘다.

어차피 반도체를 중심으로 한 포트폴리오는 방대했고 이중에서 이걸 다 알아들을 사람은 없었다. 게다가 대략만 해도 정부가 내미는 국책사업과도 일맥상통했으니 서로 원하는 바도 충족됐다.

그렇게 한참을 듣던 대통령이 결론을 먼저 지었다.

"그러니까 대양과 선영이 컨소시엄인가 뭔가를 하면 밀어주라는 기가? 전폭적으로."

"네, 유럽에서는 작년부터 13개국이 모여 통신표준을 연구하기 시작했고 미국에서도 이에 대한 연구가 활발히 진행 중입니다. 즉 노벨의 AMPS로는 앞으로 불어날 통신시장에 한계가 있음을 인정한 겁니다. 2세대 통신 시대가 온다는 거죠.

이건 신호탄입니다. 지금으로선 상상조차 할 수 없는 거대한 시장이 열린다는 거죠. 아시겠지만 시장은 선발이 다 먹게 돼 있고 시일이 늦어질수록 후발의 타격은 커질 겁니다. 뭘 어떻게 해 보기엔 통신시장의 영속성은 너무 큰 장애물이거든요."

"하아…… 뭐가 뭔지. 비서실장."

"네."

"야가 말하는 게 맞나? 거 유럽에서 연구한다는 거."

"노르웨이가 이동통신사업에 성공했다는 말은 들었으나, 거기까진 아직……."

쩔쩔맨다. 나름 준비했어도 속사정까지 알려면 전체를 파악하지 않고는 꿰어 내기 힘든 작업이긴 했다.

당연히 지금 한국의 인식으로는 무리였다. 맨날 방공이나 부르짖는 나라가 뭐가 중요하겠나.

"전화 몇 통화면 알 수 있는 일입니다. 확인해 보시면 큰 어려움 없이 자료까지 받아 보실 수도 있을 것 같고요. 걔들도 어차피 한국 시장을 겨냥할 테니까요."

"들었나?"

"네, 금방 알아보고 오겠습니다."

비서실장이 나가자 브리핑은 잠시 중단되었다.

멀뚱히 서 있으니 또 앉으란다.

"잠시 기다리라. 이것도 좀 먹고."

재벌가
망나니
외계인간? 2

"아, 네. 알겠습니다."

시키는 대로 과일 몇 조각 집어넣고 있는데 귓바퀴로 또 사투리가 꽂힌다.

"거 신통한 놈일세. 다시 봐도 아가 맞는데 어떻게 장관보다 보고를 더 또박또박 잘하노. 가만히 듣고 있으면 일이 다 된 것 같이 느낌이 들던데."

"네?"

"니 누구한테 이런 걸 배웠노?"

"그게……."

"무슨 공부를 그리해야지 이리 똑똑해지는데?"

"……."

"맞다. 고졸이라 카든데. 느그 삼촌이 그리 가르쳐 줬…… 이건 아니겠네. 니 삼촌도 딱 보니 배우는 중인데. 그럼 누꼬? 누가 니를 가르쳤노?"

"독학했습니다."

"혼자 했다꼬?"

눈빛에 살짝 경악이 깃든다.

자랑할 타임이었다.

"곁들어 거시 경제는 계속 눈여겨봤습니다. 역사도 좀 보고 각국의 역학관계도 슬쩍 건드려 보기도 하고요."

"거시 경제에 역사에 역학관계까지!"

"하나라도 빼놓고는 국가 간 경제에 대해 논할 자격이 없으니까요."

"이 쉐끼 이거 진짜 물건이네. 니 진짜 그렇게 자신하나?"

"저는 오로지 국가와 민족에 충성할 뿐입니다."

"허허허, 허허허허허허. 이것 참……."

한참 웃어 댔다.

그러더니 또 희한한 말을 던진다.

"……하나만 물어보자. 니 나라도 그 컨설팅인가 뭔가 할 수 있겠나?"

"나라를요?"

"맞다. 나라."

"나라라면 경제만이 아니라 외교도 있고 정치도 있고 해서 잔잔바리는 몰라도 굵직한 건 아직 제게 무릅니다. 한참 더 배워야 하죠."

"그럴 만도 하겠네. 오십, 육십 먹어도 어려운 게 나라 살림인데. 맞다. 알겠다. 그럼, 경제만이라면 할 수 있겠나?"

"사실 지금 하는 것도 일종의 경제컨설팅입니다. 국가적 사업에 대한 해석과 그에 해당하는 로드맵을 그리는 자리니까요."

"호오라, 그래서 니가 그리 자신하는 기가? 남보다 많이 알아서."

"정확하게 보셨습니다. 컨설팅이란 '나라면 이렇게 할 텐데'란 마음에서 시작합니다. 대양의 경우 제가 가상으로 대

양의 회장이 되어 벌어질 모든 일을 시뮬레이션한 거죠. 즉
여기에서 저보다 더 많이 아시는 분이 계신다면 컨설팅 자체
가 성립 안 되겠죠."

"옳다. 아하하하하하."

그때 비서실장이 들어왔다.

들어와 담담한 표정으로 내 말이 사실임을 증명해 줬다.

대통령은 또 나를 돌아보며 고개를 끄덕였다.

"조그만 땅덩이에 자원도 없는 나라가 머리라도 좋아야 하
고 많이 알아야 하는 건 맞다 아이가. 우리 비서실장도 모르
는 걸 니가 아는 걸 보면 컨설팅도 아무나 하는 게 아닌 게 맞
는 것 같고. 그래, 이제 말해 보거라. 니가 나라면 이걸 어떻
게 할 낀데? 남 눈치 보지 말고 니 꼴리는 대로 한번 쎄리 뿌
사 보거라."

얼핏 들으면 과격한 사투리이나 내용은 어디 한번 펼쳐 보
라는 말이었다.

뭔가 열린 느낌이 왔다. 무슨 말을 해도 반쯤 튕겨 나가던
아까와는 다른, 조금 숨통이 트이는 느낌.

기대하는 것 같고 귀 기울이는 것 같았다.

자세도 팔꿈치를 테이블에 걸쳤다.

받아들일 준비가 됐다는 건가?

괜찮다면 들어주겠다는 의향이던가?

찌리릿.

전율이 돋았다.

이 내가 대통령한테도 통한 건가.

본능적으로 깨달았다.

지금이야말로 승부를 펼쳐야 할 때.

그러나 잊어선 곤란하다.

영업맨은 꿈을 팔아야 산다.

무심한 척 툭 던졌다.

"유럽은 늦었다 치더라도 적어도 아시아는 우리가 다 먹어야 하지 않겠습니까?"

"뭐~라꼬?!"

사람마다 생긴 게 다르듯 세상에 살아가는 인간이 원하는 건 삶의 방향성부터가 천차만별이었다.

그러나 그 정점을 캐다 보면 반드시 나오는 것이 있는데, 부귀와 명예, 권력이었다.

물론 이것도 저것도 다 싫어 안빈낙도를 즐기는 이들도 있 겠으나 여기선 일단 제외다. 그런 별종은 그야말로 별종이기 때문에 군이 다룰 필요가 없다.

다시 돌아가 욕망의 세 가지 정점을 살펴보면.

부귀. 부자가 되는 거다.

이걸 극한으로 몰입시키면 세계 최고의 부자가 되는 걸 의

미할 테고.

명예. 인정받는 사람이 되는 거다.

이걸 또 극한으로 몰입시키면 최고의 지도자 정도가 될 것이다.

권력. 사람을 부리고 싶은 거다.

이 역시도 결론은 살아 있는 세계의 왕이 되는 게 아닐까.

여기에서 질문이 또 생긴다.

최고. 최고란 개념의 성질이 결국 가장 높음을 뜻한다면 세 가지 욕망도 순위를 나눌 수 있다는 건가? 아니면 길이 다른 정점이라 대충 분류하면 되는 걸까?

앞서 낸 결론대로 세 가지 욕망이 진짜 인간 세상을 좌지우지하는 방향성의 정점이라면, 나는 과연 어디에 속해 있을까. 아니, 여기 이 자리에 있는 사람들은 어디에 속해 있는 걸까.

부류로 친다면, 아마도 그런 측면에서 최 회장과 삼촌은 비슷한 부류일 것이다.

돈으로 탑을 찍고픈 자들. 부귀로써 세계를 아우르는 정점이 되고픈 자들.

그럼 대통령과 비서실장은 어떤 자일까?

권력으로 탑을 찍고픈 자들?

그렇다면 결국 이들이 원하는 건 영원한 권력이던가? 왕이 되려는가?

재벌가
막내
살아남기? 2

하지만 대한민국은 민주공화국이다.

5년마다 직선제로 대통령을 뽑는 나라다.

헌법을 개정해 6공화국의 시대를 연 자가 바로 이 대통령이었다. 참고로 헌법을 개정하지 않는 한 20년이 흘러도 50년이 흘러도 대한민국은 6공화국이다.

이 사실을 이들도 충분히 알고 있었다. 대한민국이 전복되지 않는 한 왕은 탄생하지 못한다는 걸.

그럼 왜 여기에 이러고 있는 걸까?

하나 웃긴 건, 애초 이 답도 없는 질문을 던지면서 되레 내가 내 본질이 달라지지 않았음을 깨달아 버렸다는 거다. 내가 어디에 속해 있는지도 인식해 버리고.

나는 쾌락을 쫓는 자였다. 처음부터 그랬고 회귀란 엄청난 일을 겪었어도 방향성만 조금 달라졌을 뿐 여전히 쾌락을 쫓는다.

별종이다. 주류에서 제외된 자.

그러나 돌이켜 보건대 전생과 지금의 삶이 다르지 않은 것만은 확실했다.

온몸을 타오르게 하다못해 세상을 태울 것 같은 분노는 의외로 온 세상을 하얗게 물들이는 거대한 쾌락과 맞닿았다.

삶을 송두리째 삼킬 블랙홀 말이다. 블랙홀.

굳이 여기에서 만류귀종을 말하고 싶진 않았지만 달리 표현할 길이 없었다.

내가 분노와 쾌락이 교집합을 이룬다고 하는 것과 부귀에서 출발하든 명예에서 출발하든 권력에서 출발하든 어느 것이든 정점을 찍은 자는 결국 모두를 갖게 된다는 건 순서만 다를 뿐 결국 같은 개소리였으니까.

이런 면에서 대통령은 어떤 자일까?

그는 대한민국에서만큼은 이미 권력의 정점에 오른 자였다. 꿈을 이뤘다.

이런 자에게 필요할 만한 게 내게 있을까?

그와 삼촌이 대치하는 사이 오로지 내가 집중한 건 이것 하나였다.

이 사람에게 필요한 게 뭘까?

이 사람이 탐낼 만한 게 없나?

권력은 이미 가졌고 돈은 오래전부터 최 회장이나 다른 사업을 통해 빨대 꽂고 있을 테니 남는 건 하나였다.

'욕심쟁이 아저씨. 근데 그 욕심이 있었기에 여기까지 왔으니 이 사람의 인생도 나름 성공했다고 봐야 하나?'

학계가 원하는 위대한 스승 같은 타이틀은 애초 들여다보지도 않았을 테고, 군부 출신의 원죄를 품고 손꼽히는 지도자 같은 타이틀도 감히 노려보지 않았을 가능성이 높았다.

그는 현직 대통령이었고 88올림픽도 개최한다.

경제 발전에 심력을 쏟았고 남북한 관계에도 물꼬를 트고 싶어 한다. 토지 공개념을 도입하려 하고 나중엔 범죄와의 전쟁도 선포한다.

결국 길은 뻔했다.

나도 그의 선택에 한 팔 들어 올려야 산다.

"유럽이 들어오기 전에 무조건 한국형 이동통신 기술을 개발해 내야 합니다. 지금부터 시작해야 합니다. 그렇게만 해 주신다면 임기 내엔 반드시 세계 유일의 통신표준을 발표할 수 있을 겁니다. 세계가 깜짝 놀랄 업적이죠. 그게 바로 한국의 경쟁력이고 네임 밸류가 될 테니까요."

"세계 유일이라 캤나?!"

"넵."

"니 지금…… 세계 유일이라고 한 거 맞제?"

"그랬습니다."

"그게 진짜 가능한 기가? 유럽도, 일본도, 미국도 있는데 다 재끼고?"

"가능합니다. 각하께서 밀어주시고 두 분 회장님께서 달리는데 못할 이유 없습니다. 경부고속도로를 2년 만에 완공한 민족이, 6·25를 겪고도 30년 만에 이렇게 기적을 이룬 민족이 못 할 게 뭐가 있겠습니까?"

"……기다리라. 잠시 기다리라. 내 생각 좀 해 보꾸마."

말을 멈추고 장고에 들어가는 대통령이었다.

사실 이쯤 되면 내 말의 타당성을 따져 보는 게 상식적일 테지만 또 희한하게도 눈빛이 번들거리는 게 보였다.

저건 국가와 민족이 아닌 자신을 부각시키고 싶은 거다. 내가 말한 업적의 무게감을 잃을 것과 저울질하는 거였다.

안타까웠다. 표정에서도 아직 2%가 부족했다.

딱 하나가 더. 결정적이면서도 저 괴물의 손바닥을 절로 부딪치게 할 치명적 한 수가 필요했다.

나도 필사적으로 생각했다. 이 일의 확장 스프레드에 있을 만한 업적 리스트들을 뽑고 또 그것이 얼마나 구미에 맞을지 분석했다.

허나 시간이 부족했다.

게다가 괴물의 계산이 나보다 빨랐다.

"듣기엔 참 좋은 말이다. 참 좋은 말이야. 야야, 대길아."

"넵."

"지금 이 자리는 기간망 건설 때문에 모인 자리가 아니겠노. 그걸 잊지는 않았제?"

"맞습니다."

"니 말대로 우리가 뭔가를 개발하는 것도 좋지만, 근데 우리 것을 남들이 좋다 하겠나? 틀림없이 이것저것 트집 잡고 방해할 게 뻔한데. 말마따나 남이 개발한 거 가져와도 아쉬울 게 없을 것 같다 이 말이다."

"그것도 좋은 방법입니다. 어차피 삐삐도 키워야 하고 기간망 건설은 필수가 된 사업입니다. 이동통신 개발과 굳이 맞물리지 않아도 흘러갈 사업이고요. 잘 마무리된다면 유럽은 얼씨구나 하고 달려와 제안할 겁니다. 최대한 우리에게 도움되는 척 말이죠. 원래는 자기들이 닦아 주면서 해야 할 사업임에도 말이죠."

"니도 그렇게 생각하니 말이 쉽꾸마. 근데도 우리가 해야 하는 기가? 국가 발전에 쓸 돈을 퍽퍽 써 가며."

"원론적으로 말하면 해도 되고 안 해도 되지만, 아쉽게도 우린 유럽과 상황이 너무 다릅니다."

"다르다고? ……하긴 뭐든 다르기야 하겠제. 근데 뭐가 그리 다른 긴데?"

"약합니다."

"약하다고?"

눈썹이 꽉 일그러진다.

그래도 나간다.

"누가 와서 쳐 대면 당해 낼 방법이 없습니다."

"잘 설명해라. 내 지금 민감하데이."

"마약 아시죠?"

"마약?"

눈썹이 또 동그랗게 된다.

이 양반도 어째 눈썹으로 말하는 부류 같았다.

"통신도 마약과 같습니다. 일단 통신망이 그들의 손에 들어가는 순간 우린 거의 영원히 그들에게서 벗어날 수 없을 겁니다."

"영원히? ……그게 무슨 소리가?"

"처음엔 잘해 줄 겁니다. 그러다 서비스 개발이니 기술 개발이니 유지보수니 뭐니 하며 슬슬 요금을 올릴 겁니다. 만원 하던 게 어느새 이만 원이 돼 있고, 또 돌아보니 오만 원이 돼 있습니다. 기간망도 그들이 깔았고 통신망도 그들의 것입니다. 세금은 내겠지만 막대한 외화가 빠져나가겠죠. 그런데도 손 못 댑니다. 다른 대안이 없으니까요."

"그럴…… 수도 있겠꾸마."

"게다가 걔들은 애초 이걸 개발한 목적이 유럽통합에 있습니다."

"유럽통합?!"

"유럽 전역을 하나의 시장으로 만드는 것을 구상 중이죠. 거긴 호주만 한 땅덩이에 수십 개의 나라가 밀집돼 있습니다. 우리로 치면 판자촌에 우글우글한 것과 비슷한 이치인데요. 그래서 언제든 전쟁이 터질 수 있지만, 다시 말하면 통합도 비례로 쉽다는 거죠. 생각해 보십시오. 유럽통합이라. 엄청난 시장이 생기는 거죠."

"계속 말해 봐라."

"간단한 이치입니다. 르네상스 이후 세계 문명을 주도하던 곳이 어디일까를 살펴보면 쉽게 나오는 답이지요. 나라별로 특색도 있고 민족도 다르지만, 저들에게는 공통된 하나의 목표가 있죠."

"그게 뭔데?"

"세계의 주도권을 다시 유럽으로 가져오는 거죠. 과거 영광의 재현."

"주도권, 과거 영광의 재현이라…… 그거 혹 미국을 겨냥하는 기가?"

"맞습니다. 그렇기에 우리가 기반을 만들어 놓으면 어떤 제안을 해서든 한국 시장을 자기들이 가져가려 할 겁니다. 이제 세계에 남은 시장이라 봤자 얼마 없거든요. 아시아밖에. 또 아시아를 먹으면 막대한 자본이 들어갈 테고 그들의 목적에 한발 더 다가가게 될 테죠."

그냥 놔두면 아마도 10년 안에 세계 시장의 90%를 선점할 것이다. 그들이 개발할 GSM은 그만큼 파급력이 컸다. 대체할 기술도 없었고 범용성도 이전과는 비교도 안 될 만큼 컸으니까.

그러니까 휴대폰이라는 바람을 탄 유럽의 몇몇 나라가 이걸 다 먹는 거다. 관계없는 나라는 목줄 잡히는 거고.

"솔직히 말해 그들이 개발하는 방향성은 다시 생각해도 훌륭한 방식입니다."

"그 말은 유럽이 뭘 개발하는지도 안다는 소리가?"

"네."

"니…… 거기까지 파 봤더나?"

"여기까지 알아야 대응할 수 있으니까요. 하지만 거기엔 그들에겐 돼도 우리로선 용납할 수 없는 치명적인 약점이 있습니다."

"뭐…… 아니, 잠깐잠깐, 잠깐만 멈춰라."

"넵."

"하아…… 거 신통해도 이렇게 신통할 수가 없다. 야야, 대길아. 니 스무 살 맞나?"

"네."

"다른 놈들은 데모다 뭐다 하며 아까운 청춘을 길바닥에 내던지고 있을 땐데 니는 뭐 하는 놈이고? 뭐 하는 놈인데 이런 걸 다 파고 있었노?"

칭찬이긴 한데 왜 하필 가장 중요한 순간에…….

"다른 이들이 아닌 오대길이라서입니다. 스스로 스스로를 증명해 각하 앞에까지 선 오대길은 다르니까요."

"맞다. 니는 다르다. 내 니를 보통 아새끼들처럼 보면 안 됨을 이제 알겠꾸마. 나 회장. 사돈."

"네."

"말씀하십시오."

"아까는 미안했소. 도무지 믿을 수가 있어야지."

"아닙니다. 충분히 그러실 만합니다."

"저희도 처음엔 그랬습니다. 이젠 제 조카가 마음에 드십니까?"

"충분히 들다마다요. 같이 더 있고 싶긴 한데…… 음, 더 있어도 괜찮겠소?"

"오늘 일정은 다 비워 뒀습니다. 대길이도 그럴 겁니다."

"저도 비워 놨습니다."

"하하하하하, 됐군. 좋소. 비서실장."

"넵."

"자리 좀 옮기자. 귀한 손님 모셔 놓고 과일 쪼가리가 뭐꼬."

"알겠습니다. 준비해 놓고 있겠습니다."

비서실장이 쭈르르 나가자 대통령은 지금까지 말한 통신 사업은 일절 입에다 올리지도 않고 반도체 사업과 정유 사업에 대해 논하기 시작했다.

나에 대해서도 일절 나오지 않았다. 기업들의 애로사항이나 무역에서의 어려운 점을 묻고 답하는 시간만 계속됐다.

나로선 맥이 탁 끊긴 기분이나 달리 방법이 없었다.

'이 양반도 제일 맛있는 건 마지막에 먹는 스타일인가?'

이런 생각이나 하며 자조하는 수밖에.

하여튼 특이했다.

클라이맥스로 달려가는 순간 탁 끊고 딴소리라.

이런 걸 누가 해낼 수 있을까?

나도 이런 인내력은 없었다. 애초 인내력이 결여된 인간이긴 하지만.

'겪어 볼수록 보통 사람이 아닌 건 확실해. 지칠 정도네. ……그래도 긴장 놓지 말자. 나는 아직 괴물의 둥지를 빠져나

가지 못했다.'

어쨌든 그 덕에 나도 정부의 방향성 정도는 조금쯤 익혀 둘 수 있었다.

아는 분야가 나와도 또 그것이 잘못된 방향으로 흘러가도 조신하게 앉아 끼어들지도 않았다.

My turn은 지나갔다.

그 턴은 내가 원한다고 해서 올 턴이 아니다.

왕 게임의 왕은 벌써부터 정해졌고 왕은 아직 나와의 대화 를 원하지 않는다.

그렇게 한 시간이 지나 비서실장이 돌아왔다.

그가 오자마자 자리가 파했는데 우리는 또 그의 안내를 받 아 어디론가 향했다.

도착한 곳은 의외로 영빈관이었다. 국빈들이랑 공식행사 를 하는 곳에 왜 우리를? 이라고 물음을 표했지만, 비서실장 은 묵묵부답 제 할 일만 하며 우리를 꽤 아담한 방에 밀어 넣 었다.

거기엔 삼청당에서나 보던 세팅이 돼 있었는데, 가운데 큰 자리를 두고 좌우로 작은 자리가 위치하였다. 'ㄷ'자 구도.

"여기에 앉으시죠. 최 회장님께서는 저쪽 자리에 앉으시 면 됩니다."

자리까지 지정해 준 비서실장이 나가고 10분이 지나지 않아 대통령이 들어왔는데, 그가 착석하는 순간 다시 문이 열리며

한복을 곱게 차린 아가씨 몇몇이 가야금이랑 악기 몇 가지를
들고 들어왔다.

"묵자."

대통령이 잔을 높이 드는 순간 시작되었다.

연주가 띠리리링.

술잔이 또르르르.

몇 순배가 돌아가는 순간순간에 오가는 이야기들.

자리가 무르익어 감에 따라 분위기는 애국·충정의 열기들
로 젖어들었다.

그 속에서 난 이제나저제나 기다렸지만, 대통령은 결국 부
르지 않았다.

집에 돌아갈 때조차 어떤 언질도 없었다.

어이가 없었지만.

그렇게 끝났다.

오늘 하루가.

Chapter 7. 대~단하십니다

고민스러웠다.

집으로 돌아올 때도, 집에 돌아와서도, 나의 고민은 계속 되었다.

뭘 실수했나? 혹 어딘가 거슬렸나? 이러다 잡으러 오는 건 아닌가? 남영동이 아직 살아 있는 거 같은데 이번에 잡혀가 면 반 죽어서 나오려나? 그렇게 되면 난 어떻게 되는 거지?

오만 생각이 다 들었다.

아침부터 하루 종일 똥 마려운 강아지처럼 이리 갔다 저리 갔다…… 손에 잡히는 것도 없고 신경질만 나고.

결국 서 실장이 나를 잡아 앉혔다.

"무슨 일 있습니까?"

"으응?"

"무슨 일 있냐고요."

"뭐가?"

"정신 사납지 않습니까? 청와대에서 무슨 일 있었어요? 거기서 사고라도 쳤어요?"

"아니, 사고는 무슨……."

"빨리 말해요. 안 되겠다 싶으면 미국으로라도 튀게."

사고 쳤다고 말하는 순간 그냥 튈 기세였다.

"아이씨, 뭘 튀어. 그냥 좀…… 싱숭생숭해서 그런 거야."

"그럼 쫀 거예요?"

"누가 쫄았다고 그래?!"

"맞잖아요. 사모님한테 혼나기 전 하던 거랑 똑같던데. 눈에 초점도 없고 정신머리 없이 허둥대고 멍하니 창밖만 보고."

"……."

내가 그랬나?

할 말이 없었다.

쫀 것도 맞고 정신없이 군 것도 맞았다.

솔직히 말해 지금의 나는 나도 잘 모르겠다. 씨벌.

"이러지 마시고 어디 환기나 하러 갈까요?"

"환기?"

"다시 송추나 갈까요? 저번에 계곡물 좋아하시던데."

"계곡물……."

돌아보면 사실 내가 이럴 이유는 어디에도 없었다.

묻는 대로 답했고 결정적인 순간에 멈췄을 뿐 나머진 순리대로 풀었다. 느낌상 대통령도 만족한 게 분명했고.

이렇게 지레 겁먹고 지레 걱정하고 지레 결말을 예상하고할 필요 없었다.

이런 건 전생에서나 하던 짓인데.

"못난 짓이네."

"네?"

"아니야, 아니야. 내가 너무 내 생각에 파묻혔나 봐. 액션이 하나도 없는데도 엔딩만 떠올리고."

"그렇게 좋지 않았습니까?"

"나쁠 이유가 없는데도 그런 거야. 내가 좀 예민해졌나 봐.정말 서 실장 말대로 놀러나 갈까 봐."

"나쁘지 않겠죠. 지금이라도 송추로 잡을까요?"

"아니야. 거긴 가 봤으니까 전에 가려다 못 간 데로 가 보자."

"어디로요?"

"대천."

말이 나온 김에 일사천리로 움직이는 김하서의 준비 아래우린 바로 대천으로 떠났다.

말이 나오고 30분도 안 돼 출발한 거니까 우리도 꽤 하는편이었다.

다만 가는 길이 좀 피곤하였다. 서해안 고속도로가 뚫리기 이전이라 그런지 경부를 따라 내려가다가 천안에서 꺾어 아산, 보령까지 빙 둘러가는 느낌이 최소한 한 시간 정도 더 걸린 것 같았다.

대신 방은 쉽게 얻었다.

어차피 끝물이고 여차하면 통째로 전세 놓을 수 있었으니 무서울 건 없었다만 하제필이 워낙 좋아하는 바람에 그냥 계약했다.

"잠시 나갔다 올게."

반바지에 티 한 장 걸치고 슬리퍼 질질 끌며 밖으로 나섰다.

날은 어두웠다.

촤락.

촤라라라라.

그럼에도 밤바다 소리는 좋았고 괜히 나를 들뜨게 했다.

꽤 괜찮았다.

짠내 나는 바람도 정겹고 스치는 모양새도 시원했다.

잘 내려온 것 같았다.

지금 집에 있었다면 온갖 가정으로 골머리만 썩었을 터.

역시나 마이너스적인 생각은 영혼을 갉아먹는 적이었다.

"좋네. 아주 예뻐. 마음에 들어."

이 시기의 대천은 낭만이 흘렀다.

길게 빽빽이 늘어선 횟집도 없었고 휘황찬란하게 시끄러운 유흥시설도 없었고 괜히 궁금해지는 모텔도 거의 없었다.

있다면 몇몇 조개구이집에 낡은 슈퍼가 다.

대신 근 1km는 늘어진 백사장이 아주 편안한 공간감을 주었고 젊은 청춘들은 기타로 여름밤의 추억을 노닐었다. 또 한쪽엔 어설픈 폭죽에 기뻐 소리 지르는 아가씨들도 있고.

저들은 즐거웠다. 모든 게 만족스러웠고 행복해 보였다. 부러울 정도로.

"도련님, 우리도 자리나 하나 깔아 볼까요?"

서 실장이 어느새 옆으로 붙었다.

"으응?"

"여기 한쪽에 앉아 맥주나 한잔하시는 건 어떻습니까? 노랫소리도 듣기 좋은데. 밤바람도 시원하고."

"……그럴까?"

눈치 빠른 하제필과 김충수는 이미 움직이고 있는 중.

얼마 안 가 양손 가득 뭘 들고 왔는데 술과 안주는 물론 센스도 넘치게 얼음까지 사 왔다.

-별이 쏟아지는. 해변으로 가요~ 해변으로 가요~~. 젊음이 넘치는. 해변으로~

얼음 가득 담긴 시원한 맥주가 폐부를 씻어 준다.

덩달아 옆 그룹의 노랫소리도 흥겹다.

움직일 때마다 사각사각 올라오는 모래의 질감도 좋았고 너무 세지도 않은 바람과 파도의 오케스트라도 마음에 들었다. 희미한 빛에 의지해 서로의 윤곽만 보는 것도 좋았고 부족한 술 때문에 슈퍼를 왔다 갔다 하는 것도 재미졌다.

돌아보니 나도 어느새 웃고 있었다.

기분이었다.

목청 터져라 노래 부르던 주크박스 친구들에게 차가운 얼음과 함께 맥주 한 짝을 선사해 준다.

감사하다고 잔을 높이 들어 올리고 우리도 답례하였다.

다시 노래가 시작되고 우리도 다시 이 시간을 즐겼다.

청춘의 밤은 명쾌하였다.

복잡할 이유 하나도 없고 바보같이 걱정할 건더기조차 걸리지 않았다.

이게 청춘이었다.

이게 여름 바다였다.

"너무 좋아."

다음 날이 되어서도 우린 서울로 갈 생각을 하지 않았다.

아침부터 파라솔 열 개를 대여하고 어디에서 구했는지 선베드까지 들고 온 하제필과 김충수 덕택에 럭셔리 세트를 완성한 우리는 만반의 태세를 갖추고 본격적으로 오늘 하룰 태울 준비를 하였다.

나는 이것도 좀 모자라 모히토 같은 더 필요한 게 없나 찾고 있었는데, 결국 서 실장이 옆에서 제동을 걸었다.

"좀 과한 거 아닙니까?"

"괜찮아. 이 정도는 해 줘야 한다고."

"주변 사람들도 놀러 온 건데 우리가 다 차지하면……."

파라솔을 싹쓸이한 걸 지적하는 거다.

안 그래도 주변엔 뙤약볕에 자리만 깔아 놓은 이들이 꽤 많았다.

사실 저들은 못 들어온 게 아니라 파라솔 대여 금액이 아까워 몸으로 때우려는 이들인데…… 그 돈 아껴서 술 한 잔이라도 더 마시려는 거고.

아무렴 어떤가.

"그냥 여기 껴서 놀라고 해. 그러면 되지. 어려울 거 있어?"

"그래도 됩니까?"

"선베드 자리만 잘 지켜. 나머진 서 실장이 알아서 하고."

"알겠습니다."

빈자리는 금세 들어찼다.

눈치도 좋게 여자 그룹만 몰고 와 채웠는데 나중엔 시끄러울 정도였다.

뭐 지금은 이것도 낭만이다.

"이제 가서들 놀아. 난 신경 쓰지 말고."

"도련님은요?"

"난 여기에서 바다만 봐도 좋아. 나중에 땡기면 들어갈 테니까 체면 차리지 말고 놀라고."

"그럼, 사양 않고……."

서 실장의 허락에 하제필, 김충수도 신나게 바다에 뛰어들었다.

금세 환호가 터져 나왔다.

끝물이라도 여름 해수욕장.

하늘엔 새하얀 구름이 둥둥, 태양은 타오르듯 이글거리고 먼 곳 초록빛 바다가 몰려와 발밑에서 설탕처럼 부서져 내린다.

드넓은 백사장엔 까맣게 그을린 청춘들이 뛰어다니고.

무엇이 부족할쏘냐.

나도 비로소 평안을 맞는다.

충분히 즐거웠고 충분히 아름다웠다.

이런 게 바로 여름이고 여름 바다였다.

"밤엔 술과 노래, 수많은 별들로 위로하더니 낮엔 뜨겁고 끝 모를 활기로 나는 북돋는 거냐. 너는 참 기가 막히는구나. 난 왜 여태 너의 맛을 몰랐을까?"

텐션이 오른다.

몸이 점점 들썩였다.

나도 저들처럼 어울려 놀고 싶었다.

전생엔 왜 이런 즐거움을 한낱 천민들의 소요라 단정 짓고 멀리하려 하였을까. 세계 각국의 미녀들과 함께하였음에도 홀쩍 몸을 던지지 못했을까.

묻고 싶을 지경이었다.

"하여튼 빈틈이 많은 놈이야."

일어났다.

저기 김하서가 마구 뛰어노는 바다로 막 달려가려는데.

퍽!

"억."

"아야."

강력한 운동에너지가 옆에서 튀어나와 옆구리를 쳤다.

넘어졌다.

아픔도 아픔이고 낭만을 확 깨 버리는 충격 때문에 신경질
나 뭔가 하고 봤더니, 오민선 또래의 남자애였다. 까까중머
리. 중딩 자식.

"너, 이 쉐……."

"어머! 죄송해요. 어디 안 다치셨어요?"

또 누가 달려와 내 팔을 덥석 잡았다.

"에……."

피부로 느껴지는 부드러운 손길.

넓은 챙 모자를 쓴…… 뜨거운 햇살을 비켜 내리는 그림자
속에 자기 얼굴을 감춘 여인이었다.

그녀가 날 보며 걱정하였다.

"죄송해요. 얘가 바다에 왔다고 흥분해서. 민수야, 어서 죄

송하다고 사과드려."

"죄송합니다."

"괜찮으세요? 어디 다친 데 없으세요?"

"어, 없습니다. 괜찮아요."

"다행이네요. 이 녀석 또 그렇게 뛸 거야?"

까까중에게 꿀밤을 먹인다.

눈은 혼내도 손엔 나무람이 없다.

"아야, 누나 잘못했어. 이제 안 뛸게."

"너 또 그러면 엄마한테 말할 거야."

"알았어. 알았다고."

눈치 보다가 도망가 버리는 까까중을 보며 또 나를 보며 어색하게 웃는 그녀였다.

이제 보니 그녀라고 하기엔 좀 어려 보였다.

아직 학생 티를 벗어나지 못한 것 같은데…… 또 달리 보면 성숙해 보이기도 하고.

묘한 매력을 가진 여자.

"그럼, 가 보겠습니다."

"아, 네, 네……."

조금 걸어가다가 다시 뒤돌아보며 인사하는데 나도 모르게 꾸벅 인사했다.

왜 인사했지?

왜 감상해야 할 뒤태를 뒷모습처럼 보는 거고.

왜 또 가슴은 구멍이 뚫린 것처럼 허전해질까.

허전하다고?

내가 왜?

……이상했다.

여자 쪽을 다시 봤다. 저 멀리 걸어가는 중이다.

아련하다.

아련하다고?

왜 아련한 걸까?

내가 왜 이러는 걸까?

확실한 건 여자가 고파 이러는 건 아니었다.

금발의 라틴계의 니그로계의 비율 좋고 글래머러스한 미녀들과도 다녀 봤는데.

한중일 미녀들도 웬만하면 다 섭렵해 봤는데.

어디에서도 이런 종류의 느낌은 받아 보지 못했다.

이런 기분 처음이었다.

"잡아야……."

"도련님! 도련님도 들어오시려고요?"

"어서 들어오세요. 여기 시원하고 좋습니다."

"제필아, 어서 모시고 와라. 대천 물맛 좀 보여 드리자."

소란에…… 김하서가 잠깐 시선을 끄는 사이 그녀가 사라졌다.

신기루처럼, 꿈이었던 것처럼 흔적도 없이.

근방을 배회하며 놀 때도 수다 떨 때도 이동할 때도 계속 주변을 탐색했다. 혹 비슷한 사람이라도 있나 찾았지만 찾을 수 없었다.

이후 그녀는 다시 모습을 보이지 않았다.

결국 나도 조금씩 지쳐 갔다.

"인연이 아니었을 수도 있어. 그냥 스쳐 가는 거였잖아. 괜히 너만 혼자 난리 치는 거고…… 근데 너 오대길. 너 설마 여자 때문에 안달 내는 거야? 왜 그래? 오래 살다 보니 별일을 다보네. 진짜 그렇게 보고 싶은 거야?"

보고 싶었다.

왜 그런지 이유는 딱히 모르겠다.

그냥 한 번만 더 보고 싶었다.

"내일 다시 찾아볼까? 해수욕장 뒤지다 보면 다시 만날 수도 있지 않을까? 동생 이름이 민수랬지?"

체크 목록이다.

"근데 다시 만나면 무슨 말을 하려고? 할 말이 있어? 그냥 막 하면 안 될 거 아냐. 아씨, 언제 연애다운 연애를 해 봤어야지. 어떻게 하지?"

이런 생각으로 골머리를 앓는데 서 실장이 들어와 대뜸 정장을 펼친다.

이 양반이 또 왜 이럴까.

해수욕장엔 어울리지 않는 복장을 꺼내고.

"뭐야? 그건 왜 들고 왔어?"

"혹시나 해서요."

"혹시나 했으면 놔두지, 왜 꺼냈어?"

"혹시나 했는데 역시나라서요. 이제 입으셔야 합니다."

"에…… 입으라고? 왜?"

"도착할 시간 됐습니다."

"도착? 누가?"

"청와대요. 10분이면 도착한답니다. 경호실 요원이요. 아까 점심나절에 연락 왔는데. 방금 또 연락받았고요."

"왜 말 안 했어?"

"너무 재밌게 노셔서요."

"허어…… 알았어."

이 순간 제일 먼저 든 생각은 청와대의 그 괴물이 아니었다.

지금 올라가면 이제 정말 그녀를 볼 수 없다는 사실이 가슴을 콕 찔렀다.

전국 방방곡곡에서 모여드는 대천 해수욕장.

올라가는 순간 영영 가망을 잃는다. 설사 그녀가 같은 서울이라도 말이다.

"인연이 아니었나 봐."

"네?"

"그런 게 있어. 조금 아픈 거."

옷 입고 정말 3분도 지나지 않아 검은색으로 코팅된 차량들이 숙소를 에워쌌다.

사람들이 웅성거리며 구경함에도 경호원들은 미간 하나 흔들림 없이 임무를 수행했다.

서 실장은 멀리서 손만 흔들었다.

자기들은 알아서 올라갈 테니 걱정하지 말랜다. 날 저들의 손에 넘기며.

지금 누가 누굴 걱정하는지 모르겠다.

내가 끌려가는 곳을 모르나?

그저께, 거기 들어가 그 괴물 놈을 만났을 때만 해도 난 이런 다짐을 했다.

오늘 이곳을 무사히 빠져나간다면 난 오늘을 제2의 생일로 삼겠다.

그 정도로 무서웠다.

그 무서운 곳으로 끌려가는데 웃어?

부른 이유를 대충 짐작한다고 해도 화가 났다.

대학생 애들이 시위 좀 한다고 그래서 못마땅하다고 학교 자체를 뒤집어 천오백 명이나 되는 학생을 체포한 양반이 날 부르는데 웃어?

수틀리면 무슨 일이 벌어질지 모르는데 웃어?

게다가 앞에 탄 경호실장이 이런 말까지 던진다.

"내 살다 살다 대천까지 모시러 온 경우는 처음이군. 각하와 끝맺음하지 못했다면 보통은 댁에서들 대기하는데……

생각이 있는 건지 없는 건지…… 거참, 대~단하십니다."

"……"

피곤했다.

가시방석 같은 자리에 앉아 덜덜 떤 것만 몇 시간째던가.

오늘따라 사고는 왜 이렇게 많이 나고 길은 어찌도 이렇게 막히고 험한지.

창문도 열 수 없고 숨도 쉬기 힘든 반평 남짓 공간에서 나는 이런 생각을 하였다.

이러다 죽는 게 아닐까.

결국 차량이 검문소를 통과한 건 밤 9시가 넘어서였다.

집에도 안 가고 대기하던 비서실장에게 초주검이 된 나를 인계한 경호실장은 또 무엇이 불만인지 슬쩍 쳐다보고는 가 버렸다.

저 웃음의 의미는 뭘까?

오늘 참······.

너무 힘든 하루다.

"어서 오게."

"아, 넵."

"많이 기다리셨다네."

"······네."

"근데 자네, 오늘 무슨 짓을 한 건지는 아나? 어떻게 해수욕장에 갈 생각을 해. 잠자코 대기해도 모자랄 시간에 그런 곳이나 가고. 그분을 자그마치 아홉 시간이나 기다리게 한 걸세. 이게 무슨 뜻인지는 아나?"

"······."

네네······.

잘못했습니다.

잘못했고요.

무조건 다 잘못했습니다.

다 제 잘못인데······.

잘못하긴 한 건데······.

근데······.

약속한 거 아니잖아요.

약속했으면 이런 일 없었잖아요. 씨발노마.

외치고 싶었지만, 속으로만 삼켰다.

참아야 했다.

속 시원한 건 한순간이지만 후회는 길다.

더군다나 속마음을 꺼냈다간 난 오늘 밤 내로 비행기를 타야 할지도 몰랐다. 아니, 설사 탔다 해도 내릴 때까진 안심 못한다. 저들이라면 비행기도 돌릴 수 있으니까.

생각이 여기까지 오니 뒷일이 덜컥 걱정됐다.

진짜 만일 다 틀어져서 도망쳐야 한다면?

그렇다면 가장 안전한 경로는 뭘까?

단숨에 미국으로 가?

아니다. 그러려다간 중간에 걸린다.

그렇다면 최단 시간으로 어딘가에 떨궈져야 한다는 건데, 이들의 손이 닿지 않는 곳으로.

일본이 꽤 괜찮을 것 같았다.

일본은 한 시간이면 가니까.

일본으로 갔다가 바로 미국으로 가면 손쓸 수 없을 테니까.

따위를 생각하고 있는데 비서실장이 나를 이끌었다.

"가지. 각하를 더 기다리게 하는 건 더 큰 죄니까."

"넵."

죄란다.

기다리게 하는 건 죄.

그냥 죄.

그가 날 데리고 간 곳은 저번에 술판을 벌였던 영빈관 그 작은 객실이었다.

또 저번처럼 상이 차려져 있었는데 이번엔 좌측에만 작은 상이 하나 놓여 있다.

상이 딱 하나였다.

'상이 하나?'

상이 하나라는 게 시사하는 바는 무척 컸다.

난 지금까지 최 회장과 삼촌이 동석할 줄로만 알고 있었는데 이런 식이라면……

"그래, 오늘은 자네 혼잘세."

"그…… 렇군요."

"거기 앉게. 곧 각하께서 당도할 거니."

"알겠습니다."

조용히 착석하는데.

"오늘따라 무척 겸손하군. 겸손 열매를 먹은 건 아닐 테고 분위기를 타는 건가?"

"네?"

"전에 보니 요구 사항이 많던데 오늘은 부족한 게 더 없겠나?"

"아…….”

나를 갈구는 거다.

막간 갈굼인가.

의도는 알 것 같았다. 저번에 있었던 일을 마음에 두고 있다는 것.

쪼잔한 새끼.

화이트보드 하나 가져다 달라는 게 그렇게 꼬았나?

어떻게 해 줘야 할까?

지금이라도…… 잘못했다고 울어 줄까?

응?

가만, 아예 울어 버려?

난 어리고, 어리지만 대통령 손님이고, 이 자식이 이렇게 나오면 안 될 사람이다.

내가 펑펑 우는 순간 분위기는 경직되겠지. 누가 울렸냐고 물어 준다면 손가락으로 가리켜 준다.

넌 엿 됐어. 이 새뀌야.

계산을 마치자마자 무릎이나 털썩 꿇으려는데, 문이 벌컥 열리며 모시 한복을 입은 대통령이 들어왔다.

"여어~ 왔나."

"충성!"

벌떡 일어나 경례부터 올려붙였다.

"충성. 쉬어."

척.

"야야, 이제 날 봐도 경례 붙이지 말거라. 요새 각하란 말도 안 쓰려고 하니까. 알겠제?"

"넵, 알겠습니다."

"그렇게 기합 안 붙여도 된다. 소통하고 다가가야 좋은 지도자라 안 카나. 탈권위 아이가, 탈권위. 편하게 있어라."

"알겠습니다."

"그래, 비서실장한테 좀 혼났나?"

"아닙니다."

"조금 혼나도 된다, 자슥아. 아가 어른을 기다리게 하면 안된다 아이가."

이 말을 듣는 순간 등줄기로 식은땀이 쭉 흘러내렸다.

기가 막힌 타이밍.

저기 일본에서 무라타 히로나랑 일내기 직전 남편이 나타난 것처럼 오늘도 저 대통령이 조금만 늦었다면…….

"어린 후배를 위한 진심 어린 걱정이셨습니다. 모쪼록 앞으로도 부탁드리고 싶을 정도로 가슴에 와닿았습니다."

"그렇더나? 비서실장이 현명하긴 하지. 야야, 비서실장."

"네, 각하."

"니도 상 하나 봐 온나. 일 끝났는데 언제까지 서 있을 끼고?"

"각하, 제 일은 각하께서 침소에 드실 때까지가 끝입니다."

"어허, 고집 피우지 말고 상 하나 가 온나. 한잔해야 하는데, 기분 망칠 끼가?"

"알…… 겠습니다. 잠시만 기다려 주십시오."

말은 이렇게 했지만 그리 기다릴 것도 없었다.

음식은 넉넉했고 차림은 상 위에 올려놓기만 하면 됐으니 5분도 되지 않아 돌아왔다.

대통령은 술병부터 들고 비서실장부터 따라 줬다.

"받아라."

"감사합니다."

얼른 무릎 꿇고 받는 그의 모습에서 다음 내 모습이 그려졌다.

그러나 대통령은 안 본 사이 탈권위에 꽂힌 모양이었다.

"꿇지 마라. 인제 내랑 술 물 때 함부로 꿇지 마라. 알긋나?"

"하지만……."

"각하도 쓰지 말고. 그래, '님' 좋잖아. 님이라 불러라. 대통령님."

"각하……."

"어허. 불러 봐라."

"……."

"쓰읍."

"대통…… 령님."

"거봐라. 잘하네. 내일부터 다른 아들한테도 일러서 님자 넣어라. 알겠제?"

"알겠습니다. 대통령님."

"거 얼마나 듣기 좋노. 대길아, 온나."

"넵."

"니도 불러 보거라. 대통령님."

"대통령님."

"오야오야. 이리 온나. 내 한 잔 주꾸마."

"감사합니다."

술자리가 이런 식으로 시작됐다.

하지만 또 예상과는 달랐다. 무슨 얘기를 바로 할 거라 생각했는데 기조는 저번과 그리 다르지 않았다.

대통령은 날 꿰다 놓은 보릿자루처럼 앉혀 놓고 비서실장이랑만 현안 얘기나 하며 시간을 때웠다. 그럼에도 술은 한 타임도 쉬지 못하게 같이 마셨다.

꺾는 것도 안 된다. 잔에 든 건 무조건 원샷.

어느새 정신 차려 보니 밤 11시를 향해 가고 있었다.

장장 한 시간 반을 술만 마셨다.

그제야 나도 이상함을 느꼈다.

'어랍쇼. ……야료 냄새가 확 나네.'

시바스리갈 500ml짜리 두 병을 단숨에 원샷 때리는 주량이 아니었다면 골로 갔을지도 모르겠다.

이상하게 쳐다보니 이상한 게 한두 가지가 아니었다.

상황, 분위기, 태도…….

그 모든 게 나를 향했다.

재벌가
막나니
인생 2회차 2

'우와~ 세상천지에 믿을 놈 하나 없다더니. 어린놈 초대해 놓고 능구렁이들이 이러기야? 이거 진짜 돌겠네. 대체 어느 장단에 맞춰 달라는 거야?'

대통령이 이 몸에 술을 멕인다.

그것도 많이.

지금까지 마신 양이면 흥을 돋우고 활기를 띠기 위한 선은 일찌감치 넘었다.

다른 의도가 있었다.

'나한테 술로 깨부수기가 들어오다니. 세상 오래 살고 볼 일이야. 그것도 대통령 작업에 다 걸리다니.'

술로 깨부수기였다.

사람 속을 판별하는 여덟 가지 방법 중 하나.

시중에선 영업맨들과 여자 꼬시려는 남정네들이 자주 쓰는 전략이기도 했다.

방법은 단순명료하다.

정신 못 차릴 때까지 술로 박살 낸다.

술로 일단 깨부수고 술로 숨겨진 내면을 후벼 판다.

약점도 좋고 호의도 좋다. 어떻게든 상대의 심중으로 들어가 계약을 이끌어 낸다. 도도한 여자를 꼬셔 내고 만다.

이걸 지금 이 자리에 적용하면 적절하겠다.

함정에 빠진 거다.

상대는 이 나라의 대통령이고.

'술자리에서 술은 권하지만, 아무것도 못 하고. 어쩐지 수상하다고 했다.'

간단하면서도 치명적인 방법이었다.

집에서 술 마셔 본 적 있나?

일반적이라면 밖에서 먹는 것과 맛이 좀 다를 것이다.

성분 차가 있어서 그런 건 아니다.

한약처럼 졸라 써지고 밖에서의 30%도 채 실력 발휘하기 힘든 이유.

딱 하나였다.

술도 분위기에 들떠 기분에 들떠 웃고 떠들며 기운을 소비해야 맛이 좋아지고 견디는 힘도 강해진다.

그게 집에선 안 된다.

'이거 어떻게 해 줘야 해? 취한 척해? 아님, 이런 거로는 이빨도 박지 말라고 경고해야 해?'

가뜩이나 정상 컨디션으로 돌아오는 중이었다.

이대로 가면 저 둘이 먼저 뻗는다.

그러면 내일 또다시 부를지도 모른다.

어제 졸라 퍼부었고 오늘 차에서만 다섯 시간을 넘게 구겨져 있었음에도 술이 들어가니 컨디션이 막 살아난다.

입맛도 돌고 활기도 솟는다.

어떡할까.

아니다. 고민은 하지 말자.

뭐로든 빨리 결론 내야 내 삶이 편해질 것이다. 여기에 다른 이견은 없다.

손을 번쩍 들었다.

비서실장이 나의 변화를 보고 대통령에게 눈짓했다. 때가 됐다고 판단한 모양이다.

"대길아~ 뭐꼬?"

말투도 부드럽다.

하지만 난 이미 갈 길을 정했다.

"저 이런 거."

술병을 통째로 들었다.

"아무리 마셔도 안 취하는 놈입니다."

보는 앞에서 원샷해 버렸다.

"믿지 않으시겠다면 더 들여보내 주세요. 한 말이든 서 말이든 다 마셔 버릴 테니까요. 계속할까요?"

그 순간 자리에 정적이 일었다.

"……."

"……."

"……."

"……."

"……."

"……."

"크허허허허허허허허허허, 비서실장, 우리가 실수해 뿌다.

사람 잘못 본 거레이. 계획이 완전히 틀어졌다 아이가. 이를
우짜면 좋노?"

"제 실수입니다. 이렇게 술이 셀 줄 알았다면 수작은 벌이
지 않았을 텐데요."

"글쎄 말이다. 야야, 대길아."

"네."

"마음 상했나?"

"조금요."

"우짜면 풀어 줄래?"

"오뎅탕이 먹고 싶은데요."

"오뎅탕? 크하하하하하하~ 오야오야. 비서실장 들었제?
저 쉐끼가 오뎅탕이 먹고프단다. 되나?"

"알겠습니다. 마침 저도 먹고 싶었습니다."

"니도 그렇나? 나도 그렇다. 하하하하하."

비서실장이 나가자 대통령이 또 나를 불렀다.

잔을 채워 주며 너무 재밌다는 듯 웃는다.

"언제 간파했노?"

"한 시간쯤 됐을 때입니다."

"기분이 어떠트노?"

"고민됐습니다. 원하는 대로 해 드려야 하나 싶었고요."

"와 그렇게 안 했는데?"

"어차피 아실 일이니까요. 그리고 술 센 놈이 약한 척하는

것만큼 꼴사나운 것도 없으니까요."

"그래, 내가 꼴사나웠다. 미안하다."

"어, 어…… 네."

사과까지 들은 줄은 몰랐다.

순간 멈칫했는데 대통령이 또 씨익 웃었다.

"내 사과한 건 비밀로 해라. 다른 아들이 알면 가오 상한다 아이가."

"알겠습니다."

"이제 화해한 게제?"

"네."

"그래, 놀러 갔다고?"

"대천 해수욕장에 갔다 왔습니다."

"해수욕장? 좋겠네. 좋더나?"

"좋았죠. 낮엔 이쁜이들이 물에 젖어 뛰어다니고 밤엔 기타 들고 노래 불러요. 즐겁고 아주 평화로웠어요."

"그렇게 좋고 평화롭더나?"

"그랬죠. 얼마나 안전한지 밖에 드러누워 코 골고 자도 문제가 안 생겨요. 외국에서 그랬다간 당장 강도 만나는데요."

"외국이 그래?"

"거긴 밤에 못 돌아다녀요. 갱이나 마피아 때문에요. 모든 건 대한민국이니까 가능한 거죠. 아니, 세계에서 유일한 나라일 거예요. 안전하기로. 그리고 백성에겐 안전이 무엇보다 제일 중요하죠."

"안전…… 그래, 안전이 제일이제. 니 말이 맞다. 안전제일. 그게 최고지. 대길아."

"네."

"니는 이 나라에 제일 필요한 게 뭐라고 생각하노?"

"네?"

"깊게 생각할 거 없다. 돈도 좋고 기술도 좋고 하다못해 소고기도 좋다. 니가 제일 필요하다 생각하는 걸 말해 봐라. 궁금하다 안 카나."

"제가 제일 필요하다 생각하는 거요?"

"구래."

순간 핵무기라고 말할 뻔하였다.

그게 나중을 생각해도 가장 확실한 카드긴 한데 현재 우리 상황으론 정치적으로도 외교적으로도 경제적으로도 풀 길이 난해했다.

안 그래도 미국과 소련이 계속 이 문제로 협정하고 협상하고 세계가 지켜보는 중이었다. 이럴 때 한국이 돌을 던졌다간 어떤 험한 꼴을 당할지 모르고 또 이 양반이 이걸 어떻게 받아들일지도 모른다.

핵은 무리수였다. 내 명줄을 당길 자충수였고.

'그래도 이대로 묻어 두기엔 아쉽긴 해.'

핵무기는 정말 북한만 가질 수 있는 건가 하면 그것도 아

닐 테고 중국도 이미 가졌고 일본도 내 보기엔 언젠가는 가질
것 같았다.

그런 걸 왜 우리만 못 가질까.

나중에 급해져서야 부랴부랴 하는 건 너무 늦는다.

늦으면 다 끝난 거고.

물론 이것도 넋두리일 뿐이다.

핵무기는 너무 멀었고.

대한민국은 지금도 미래도 너무 약했다.

'에휴~ 네가 어디까지 생각하냐. 제 앞가림도 못 하는 게.
그냥 노멀하게 가. 이 사람 좋아할 만한 거로.'

대답했다.

"자주 국방이요."

"자주 국방?"

"우리나라도 항공모함 하나 가졌으면 좋겠어요."

"항공모함?! 으하하하하하, 그래, 항공모함이 최고지. 그거
하나 가지면 최곤데……."

씁쓸한지 자기 잔에 술부터 따르는 대통령이었다.

왠지 달래 줘야 할 것 같은 느낌이었다.

모르겠다. 왠지 그랬다.

"근데 그거 유지비가 엄청나다던데요."

"유지비?"

"사는 것도 큰 문제지만 운용하고 닦고 조이고 기름칠하는

유지비만도 돈을 물 쓰듯 퍼부어야 한다고 하더라고요. 아는 미국놈이요."

"그래? 얼마나 든다 카든데?"

"일 년에 몇천억씩 잡아먹는다고 미국 군부에서도 고개를 절레절레 흔든다고 하더라고요. 돈 먹는 하마라고."

"몇천억? 고거 많이도 처묵네. 항공모함도 다 돈이구마. 돈."

"돈이죠."

"돈이라……."

"돈입니다."

"돈이가?"

"네, 돈입니다."

"돈이구나."

"돈이죠. 근데 돈이야 버시면 되죠. 어차피 자주 국방은 돈 없인 안 되는 일이잖아요."

"니 말이 맞다. 병사들 옷 입히고 총 주고 월급 주는 것부터가 다 돈이제."

"그럼요. 돈 벌어서 나라가 빵빵해지면 충분히 다 해 줄 수 있죠. 나라 곳간에 돈이 넘치게 만들면 되니까요."

"어뜨케?"

"많이 팔면 되죠. 외국 놈들이 사 갈 만한 걸 만들어서요. 홀딱 반할 것들 죄다 만들어서 말이죠."

"……."

"……."

"……."

"……."

"……그거 혹 그 얘기가?"

"네."

"니 진짜 잘할 수 있겠나? 이거 보통 일 아니데이."

"보통 일이 아니죠. 세계인을 혹하게 만들 일이니까요. 또 아쉽지만, 영광도 다음 대 대통령이 보게 될 거고요."

"허어, 니 그런 말도 할 줄 아나?"

"죄송합니다."

"니 내 안 무섭나?"

"무섭죠."

"근데도 말을 그렇게 하나?"

"절박하니까요."

"니가 어디가 절박한데?"

"절박하죠. 이가 갈리고 밤잠이 안 올 만큼 화가 나고 침이 다 마르고 보이는 대로 다 부수고 싶을 만큼요."

"니가? 대길이 니가? 그렇게 화가 났나?"

"네."

"왜?"

"원인이야 많죠. 헌데 요 근래 이런 일이 있었어요. 말씀드릴까요?"

"해 봐라."

"넉 달 전에 미국에 유학하려고 갔는데요. 거기서 from KOREA라고 하니까 아무도 모르더라고요. 심지어 북한이냐고까지 하더라고요. 쥐뿔도 없는 것들에게요."

"그······ 랬나?"

"그때부터 마음먹었어요. 어떻게든 이놈들 돈을 먹어야겠다."

"그놈들 돈을?"

"네, 어떻게든 이놈들이 우리 한국산 통신망을 쓰게 할 거고 또 어떻게든 한국산 전화기를 쓰게 만들 거예요. 그래서 그놈들 돈으로 우리나라 도로도 깔고 다리도 놓고 연구소도 짓고 빌딩도 올리고 탱크도 사고 미사일도 사고 전투기도 사고. 다 하고 싶어요. 이왕 하는 거 말이죠. 다 그놈들 돈으로 하고 싶었어요."

"그놈들 돈으로 그걸 다 하겠다고?"

"네."

"정말 그게 그럴 정도로 돈을 버는 기가?"

"돈도 있지만, 자주 국방엔 자주 통신이 기본이죠. 나중에 미국처럼 위성도 쏘아 올리고 그래야 하잖아요. 남들 거 받으면 거기에 무슨 수작을 부렸을지 어떻게 알아요. 기술이 없으면 눈탱이 쳐도 모르는 거잖아요."

"눈탱이…… 수작이라…… 니 말이 맞다. 근데 니, 위성까지 보고 있었나?"

"통신에 위성은 필수죠."

"그래? 그래서 니가 필요한 게 뭐라꼬?"

왔다.

얼른 말했다.

"한국이동통신과 한국전자통신연구소의 인프라요."

한국이동통신은 이동통신 사업의 뼈대이기 때문에 반드시 차지해야 하고, 한국전자통신연구소의 인프라는 정확히 최순명 소장과 그의 연구원들이 필요했다.

"그 두 개면 그거 다 해낼 수 있겠나?"

"위성을 뺀다면 가능하죠. 사실 또 하나 더 필요한 게 있긴 하지만 그건 제가 미국에서 해결해 낼 거니까. 대양과 선영이 기반 시설만 닦아 주기만 한다면 나머진 2년 안에 개발할 수 있어요."

"……아니, 미국까지 손을 뻗은 기가?"

"미국에 필요한 기술이 있어요. 그 기술은 반드시 필요해서 제가 어떤 식으로든 가져와야 해요."

"기술을 가져오겠다고? 그게 되겠나? 미국인데."

"돼야 해요. 꼭 해내야 해요."

"허어……."

한숨을 푹 내쉰 대통령이 나를 가만히 지켜만 보았다.

왠지 만감이 교차하는 표정이었다.

한참을 쳐다봤는데 또 어느새 피식 웃으며 자기 잔에 술을 따라 들이켰다.

"니는 사람을 쪽팔리게 하는 재주가 있구마."

"……."

"오래간만에 바보가 된 기분이다. 세상은 바쁘게 돌아가고 있는데 내 혼자서 동네 땅따먹기나 하는 거 같다. 이 내가 말이다."

"……."

"대길아."

"네."

"니 단디 마음 먹으레이."

"알겠습니다."

"저항이 심할 끼다. 알겠나?"

"이겨 내야죠."

"이겨 내야지. 다 조국을 위한 길인데. 글고 이 늙은이도 더는 쪽팔리지 않게 움직여야겠제? 더 안 부끄럽게."

"……."

"좋다. 이제부터 살살 구슬려 보자. 그리고 비서실장 너무 미워하지 말거라. 가가 하나밖에 몰라서 그런 기다. 알겠제?"

"넵."

"오야. 처음부터 다시 한 번 진지하게 나눠 보자. 됐나?"

말이 떨어지기가 무섭게 비서실장이 오뎅탕을 들고 들어왔다.

대통령은 그런 비서실장을 손가락으로 가리키며 웃었다.

"아하하하하, 쟈도 양반되긴 글렀뿟다. 안 긋나? 대길아. 하하하하하하."

◇ ◆ ◇

며칠이 더 흘렀다.

그동안 청와대를 세 번이나 더 드나들며 이 일에 대한 로드맵을 다시 그려야 했지만, 거기에서 딱 끝이었다.

실무에 관해선 딱히 도움이 되지 못했던 터라 궤도에 오르고 나서부턴 도리어 할 일이 없어져 버려 빈둥거려야 했다.

이렇게 TV나 보며.

"MBC가 왜 이래? 왜 갑자기 영화만 틀어 주는 거야?"

"모르셨어요? 파업한 거. 공정방송 좀 하게 해 달라고 어제 파업했잖아요. 뉴스에서 난린데."

"그래?"

"더 잘됐죠. 재미도 없는 시사평론이나 보는 것보단 외화가 훨씬 유용하죠. 주말의 명화 할 때까지 기다릴 필요도 없으니 얼마나 좋아요."

"그렇구나. 그런 일이 있었어. 요새 바빠서 뭐가 어떻게 흘러가는지 당최 알 수가 있어야지."

"근데 아예 안 하실 거예요?"

"뭘?"

"그동안이야 마음 다스리고 휴식 차원으로 보내긴 했는데 불안하지 않으세요? 제가 다 불안한데."

"뭐가 불안한데?"

"시험요. 학력고사."

"학력고사? ……아!"

"옴마야, 진짜 잊고 있었나 보네. 가만히 있어 보자."

달력으로 숫자를 세는 서 실장이었다.

"딱 100일 남았네요. 접수는 해 두라고 해서 해 뒀는데 어쩌실 생각이세요? 시험 보긴 볼 거예요?"

"잠깐, 잠시 대기. 나 생각 좀 하고."

완전히 까먹고 있었다.

1989년도 대학학력고사가 올해 12월 16일에 치러진다는 걸 알면서도 지금까지 전혀 인식하지 못했다.

하제필에게 대신 접수시킨 게 불과 두 달 전이었는데.

100일이 될 때까지 까맣게 잊다니.

나도 참 어지간했다.

기억을 너무 믿고 있는 게 아닌지 같잖기도 하고.

'88학년도, 89학년도, 90학년도까진 미친 듯이 풀어놨긴 했는데…… 시간이 많이 흘렀잖아. 대길아. 일하는 거랑 문제 푸는 건 디테일이 완전 다르다고.'

안다. 아는데도 이런 식이었다.

'그건 그렇고 그때는 왜 그렇게 악착같이 풀었나 몰라. 이미

지나간 문제를 말이야.'

3년을 내리 그렇게 미친 듯이 풀어 댔다.

만점 맞을 때까지 풀고 또 풀었다.

만점 맞는 날 신문에 난 당시 수석의 얼굴을 짓밟는 게 내 유일한 위로였다면 누가 믿어 줄까?

'공부라…… 공부라…… 하긴 해야겠는데. 손이 잘 안 가네.'

기억에 자신 없는 건 아니었지만 그렇다고 전혀 손도 안 댈 수는 없을 노릇이었다.

20년의 공백.

이건 분명 꽤 많은 부분에서 오점을 남길 것이다.

"시작하긴 해야겠어. 알았어. 모의고사 문제집 좀 부탁해."

"이미 준비해 놨습니다. 85년도부터 족보도 비치해 놨고요. 전문 가정교사도 부르기만 하면 올 겁니다."

"가정교사?"

"네."

"그러지 말고."

"네?"

"도서관에나 갈까?"

"도서관이요? 집에서 안 하시고요?"

"나도 나 나름대로 학생의 기분을 맞춰야지 않겠어? 입시가 코앞이잖아. 집중해야지."

"굳이 그러시다면야…… 어디로 모실까요?"

"어디가 좋겠어?"

"시설이야 어디든 뻔하겠지만 고즈넉한 분위기를 원하신다면 정독도서관을 추천해 드리겠습니다. 좀 멀어도 거기가 좋거든요."

"정독도서관?"

"아십니까?"

"들어 본 적은 있지. 고등학교 하나가 이사하면서 만든 거잖아."

"잘 알고 계시군요. 제 모교입니다."

"그래? 서 실장이 거기 나왔어?"

"자랑스러운 졸업생이죠."

"알았어. 거기로 가자고."

"준비해 두겠습니다."

명이 떨어지자마자 준비가 끝난 김하서는 날 데리고 곧장 한강 다리를 건넜다.

거리는 꽤 시끄러웠다.

이제 보름 있으면 열리는 올림픽에 온통 초점이 맞춰졌는데 걸린 플래카드도 모두 다 환영한다는 내용이었다. 특히나 내일 성화가 제주도에 상륙하는 걸 축하한다는 내용이 제일 컸다.

"성화 봉송이라. 내일 제주도로 들어온대."

"그래요? 하긴 올 때쯤 됐네요."

"전국을 돌겠지? 이미 다 짜여져 있고."

"그렇겠죠."

"마지막 봉송은 누가 해?"

"모르죠."

"그렇군."

"누군가가 알아서 하겠죠."

"그래, 알아서 하겠지."

차는 계속 달려 종묘 인근에 다다라 멈췄다.

서 실장의 의견이었는데, 도서관에서 공부할 요량이라면 너무 튀는 것도 좋지 않다는 거였다.

나름대로 일리 있는 얘기라 우리는 10분 정도를 걸어 정독 도서관에 들어갔다.

정문엔 수위 비슷한 사람이 있었는데 남자 넷이 우르르 들어가자 무슨 일이 있나 하여 나오려다 나만 본관으로 향하고 나머지 셋은 자판기에서 커피나 뽑아 벤치에 앉는 걸 보곤 다시 착석했다.

"고즈넉하다더니 꽤 분위기 좋네. 잘 만들어 놨어."

도서관이지만 일반 도서관과는 달랐다.

예전엔 학생들이 뛰어놀던 운동장이었을 장소가 정원으로 예쁘게 꾸며졌고 공간디자인도 상당히 공을 들였는데 파릇파릇한 식물들과 어우러져 아주 보기 좋았다.

그러고 보니 교복 입은 학생들이 아주 많았다.

보기에도 흐뭇했는데…….

확실히 남학생이든 여학생이든 교복은 진리였다.

생기가 펄펄 넘치는 게 내가 다 활기가 도는 기분이 들었다.

나이가 참 예쁜 거다.

아무것도 안 하고 교복만 입어도 저렇게 예쁜데…….

그러면서 괜히 위화감만 들었다. 있을 데를 잘못 찾아온 것 같은.

"늙은이 티는…… 그냥 모의고사나 한번 풀고 돌아가자. 내 주제에 나들이는 사치지. 족집게나 불러서 문제 할당이나 받으면 땡이잖아."

학생의 낭만은 하루 정도 할애했으면 충분하다.

이 이상은 피곤만 부른다.

있는 동안 집중해 풀고 돌아가려 하였다.

그때 한 무리의 여학생이 내 앞을 지나가지 않았다면 필시 그랬을 것이다.

"어머, 해수욕장에 갔다 왔다고?"

"응, 재밌었어."

"어딜?"

"대천."

'응?'

고개가 절로 돌아갔다.

"대천 해수욕장? 어때?"

"아주 넓고 좋았어. 바람도 시원하고 바다도 깨끗하고."

"요년. 방학됐다고 잘만 놀러 다녔네. 호호호호."

"몰라. 내년에 또 가고 싶어. 거기 아주 좋았어."

나는 나도 모르게 우뚝 서 버렸다.

그 여자였다.

며칠간 나의 애간장을 다 녹인 여자애.

나도 모르게 따라갔다.

따라갔는데 여성 전용실로 쏙 들어가 버린다.

"아……."

날 가로막은 검붉은색 통나무 문.

그리고 그 위, 팻말에 적인 [여성 전용실].

"여성…… 전용."

우뚝 멈춘 채 팻말만 뚫어지게 보았다.

저 문이 나를 막는다.

아무것도 아닌 문 하나에 세계가 갈리다니.

38선도 아닌 것이 현해탄도 아닌 것이 겨우 문짝 하나 주제에 내 앞길을 막는다.

그럼에도 들어갈 수가 없다.

주저앉을 것만 같았다.

"아아…… 고삐리였다니. 이 내가 고삐리한테 뻑가 버린 거야?"

환상일 거라 치부하였다.

타오르는 태양, 하얀 백사장, 초록빛 바다, 넘치는 활기가 나를 흥분케 하였고 그 때문에 잘못 본 거라고. 괜히 더 예쁘게 본 거라고.

그렇게 여기며 겨우 다스렸는데, 아니었다.

저 미소. 햇살처럼 빛난 그건 내가 잘못 본 게 아니었다.

"그래도 진짜였어. 진짜."

다행이다 여기는 순간 내가 고작 고딩 여학생 하나에 왜 이렇게 휘둘렸는지도 알 것 같았다.

"너 설마…… 갖고 싶은 거냐?"

그녀의 미소를 보는 순간 나는 나도 모르게 그 미소가 나에게 향했으면 좋겠다는 소망을 품은 것 같았다.

날 보며 저렇게 웃어 줬으면 좋겠다. 아무것도 하지 않더라도 저렇게 웃어만 준다면 행복할 것 같다. 지금껏 한 번도 품어 보지 못했던 소망이었다. 이 내가 여자란 생물에게 난생처음 소망이 생겼다.

"내가…… 이 오대길이가…… 여자에게 빠졌단 말이야?"

놀라운 일이었다.

나에게 여자는 시선이나 즐기는 액세서리였는데…….

옆구리가 허전하니 끼고 밤이 아쉬우니 데리고 잤다. 멋지고 화려할수록 뭇 남성들의 시선을 사로잡으니 내 우월감으로 충족됐고 청순하다면 그것마저도 하나의 맛이었다.

방탕함을 넘어 중독이라 손가락질했던 주변의 시선마저

다 시기와 질투라고 코웃음 쳐 줬는데…….

이쯤 되니 나도 이 소망의 정체가 궁금해졌다.

왜 갑자기 호기심도 생기지 않을 여자란 생물에게 소망을 품게 됐을까.

대체 저 미소가 무엇이길래.

무엇이길래 내 심장을 사정없이 흔들까.

연구가 필요했다. 이 마음이 진짜인지, 아님 이것조차 우월감을 위한 필요인지 확인이 필요했다. 그렇지 않고서는 여자에 관한 한 나는 절대로 앞으로 나아가지 못할 것 같았다.

하지만 겨우 두 시간을 못 버티고 일어나 버렸다.

"공부 열심히 하는 모양이네. 나올 생각을 안 해. 한 번만 더 보면 알 것 같은데."

포기하는 건 아니었다.

방법이 잘못됐음을 깨달은 거다.

솔직히 지금이라도 한 번 더 봤으면 좋겠지만, 마음을 돌렸다.

대신 지나가는 남학생을 붙잡아 물었다.

"너 어느 학교야?"

"네?"

"학교가 어디냐고? 교복이 예쁘네."

"아, 중앙이요."

"중앙고?"

"네."

"저 교복은?"

"풍묵이요. 저기 시커먼 건 덕숭이고요."

"여기 고등학교가 많은가 봐?"

"다섯 개인가 있는 것 같은데요. 상고 하나 빼고 남고는 중양밖에 없죠."

"남고로선 환경이 최고네. 좋겠어."

"뭐 그렇죠."

"자, 이거로 밥이나 사 먹어라. 때 넘기지 말고."

"에엑? 5만 원이나 주세요?"

"적어?"

"아니에요. 감사합니다."

"그래, 공부 열심히 하고."

쫄래쫄래 자기 갈 길 가는 남학생을 보고 나는 쾌재를 불렀다.

"덕숭이라 했겠다."

하나 건졌다. 하나 안 만큼 더 가까워졌다.

다음 날이 되어서도 난 정독도서관으로 갔다. 이번엔 김하서는 대동하지 않았고 나 혼자 지하철을 타고 갔다.

다시 말하건대 이 일도 보통이 아니었다.

"후아~ 겨우 빠져나왔네. 거리에 따라 표 가격이 다른 걸 내가 어떻게 알겠어."

그냥 주는 대로 탔더니 안국역에서 삑삑 소리 나는데 쪽팔려서 혼났다.

결국 친절한 역무원이 나서서야 겨우 나올 수 있었다. 돈도 조금 더 지불하고.

아주 신선한 경험.

"이런 걸 서민 놀이라고 하든가? 쿠쿠쿡."

모처럼 신났다.

정독도서관에 들어가서도 난 독서실로 향하지 않고 본관 문 앞에 앉아 그녀를 기다렸다.

정문으로 들어오는 한 누구라도 시선에 걸리는 위치였다.

그렇게 한 시간쯤 지나자 여자애가 지나갔다.

이번에도 무리에 속해 있었다. 미소도 여전하고.

아주 좋았다.

좋아서 다음 날도 갔다.

이번엔 위치를 바꿨는데 그녀의 동선을 고려한 미소 훔쳐보기 최대 효율이 나는 자리로 옮겼다.

이날도 비슷한 시간에 지나갔다. 입실하자마자 아예 나올 생각을 하지 않는 것도 같았고.

이렇게 일주일쯤 지나자 이름을 겨우 들었다.

"지연이라고? 동생이 민수랬으니까. 남매 이름을 알아낸 거네. 이거 나도 꽤 하는데."

희망이 솟는다.

안달도 많이 줄었다.

제시간에만 맞춰 오면 그녀를 볼 수 있다는 게 큰 위로였다.

이름과 학교까지 안 이후로 그녀가 입실하면 나도 문제지를 푸는 여유를 발휘할 만큼 안정도 찾아갔다.

매일 갔다.

그녀가 매일 오니까 매일 가는 거다.

이젠 단 한순간의 스침이라도 하루라는 의미가 돼 버렸다.

그래서 오늘도 난 정독도서관으로 향한다.

"이제 가 볼까? 오늘은 딱 2초만 더 봤으면 좋겠는데. 아자 아자 파이팅!"

하루에 길어 봤자 5초 내지 6초의 스침이다.

어! 하면 끝나는 시간이나 나는 괜찮다.

충분히 감내할 만하다.

"하루의 하이라이트. 그걸 위해서라면 잉여 시간 따위 바치는 건 일도 아니지."

아니, 그녀를 보지 않으면 이젠 내 하루가 완성되지 않는다.

그래서 오늘도 무조건 그녀를 봐야 했다.

현관에 섰는데 그 찰나 그때까지 보이지도 않던 서 실장이 달려와 태클을 날린다.

"회장님 호출이십니다."

"……삼촌이?"

"네."

"왜?"

"저야 모르죠. 청와대 때문인지 아님, 개인적인 볼일이 있으신지 그룹 비서실장이 오고 있답니다."

"아씨, 약속 좀 먼저 잡으라고 해. 나 공부하는 거 안 보여?"

그녀를 보러 가야 한다고.

"공부…… 맞습니다. 중요하죠. 그러시다면 캔슬 놓을까요?"

'응' 그랬다간 진짜 놓을 태세였다.

그랬다간…… 엿 된다.

"무슨 말을 못 해. 알았어. 간다고. 가면 되잖아."

"네, 준비하겠습니다."

"이 집안은 수험생에 대한 배려가 너무 없어. 내가 정말 빨리 독립하든가 해야지. 젠장."

"다음부턴 배려하겠습니다."

"알았어."

잠시 후, 비서실장이 도착했고 그의 손에 이끌려간 곳은 대양 그룹 회장실이었다.

자리에 앉자마자 숨 돌릴 새도 없이 삼촌이 내게 이런 말을 던졌다.

"D-Day가 잡혔다."

Chapter 10. 우발적 천재

"D-Day가 잡혔다고요?"

"그래."

"언제요?"

"9월 17일."

"9월 17일이라면…… 어! 올림픽 열리는 날이잖아요."

"그래."

"왜 하필……."

"그만큼 전격적으로 움직이겠다는 거겠지."

"진짜 제대로 할 모양인가 보네요. 전 대충 올림픽 끝내고 날 잡을 거라 생각했는데."

"로드맵이 나왔는데 굳이 미룰 이유는 없겠지. 너도 그러는 편이 좋다고 하지 않았냐. 빠른 게 최선이라고."

"말은 그렇게 했죠. 그래도 다음 달에나 이슈를 던질 줄 알았는데. 세상에나, 올림픽 개회식 때 폭탄을 던지다니."

"교통정리는 다 끝났다. 이젠 기세 싸움이야. 밀리면 죽는."

"삼촌은요?"

"나?"

"네."

"가다듬는 중이다. 현수도 그렇고 금정도 그렇고 하나같이 만만한 곳이 있어야지."

"최 회장은요?"

"입이 나왔지만 어쩔 수 없을 거다. 다름 아닌 대통령이 직접 관여하는 사업인데. 너도 마음의 준비를 하거라. 이 일은……."

국책사업이었다.

나라가 덤비고 재계 5위 이내의 거대 그룹이 두 개나 참여하는 엄청난 사업.

알려지게 된다면 사업 좀 한다는 놈들은 모두 달려들 게 뻔했다.

그리고 엄청난 소용돌이에 휘말리게 될 것도.

가만히 생각해 보면 일이 어떻게 여기까지 왔나 싶었다.

처음 대양의 컨설팅을 준비하며 난 일가에 만연한 개망나니 이미지를 반전시키고 부가적으로 돈도 조금 벌려고 한 게 다였다. 그걸 종잣돈 삼아 좀 놀아 볼까 한 건데…….

AS 몇 번 정도야 각오한 바였고 일본도 다녀왔겠다 사실상 내가 원하는 건 그때 다 얻었다.

내가 이렇게까지 나댈 이유는 어디에도 없었다.

이대로 한국대에 입학하고 일본에서 일이 터지는 순간 쏟아질 자금으로 한국에 사업을 펼치는 것만도 바쁠 텐데 이런 내가 국책사업까지 참여할 여력이 있을까.

'운명도 아니고 왜 이렇게 쓸려 가는 거지? 좋지 않아. 좋지 않아. 이런 식으로 끌려가는 건 아주 좋지 않아.'

점점 내 손을 떠나는 느낌이 들었다.

내 계획이 아닌…… 힘의 소용돌이에 휘말려 마구 날아가는 느낌.

싫다.

작은 돛단배처럼 바람 부는 대로 가야 하는 처량한 신세는 바라지도 않았고 일생에도 도움이 안 된다.

확실히 좋지 않았다.

'이쯤에서 빠지는 건 어떨까? 어차피 로드맵도 그려졌겠다. 나도 공부해야 하잖아. 입시가 코앞인데.'

가만히 놔둬도 성공할 일이다.

이만큼까지 해 놨으면 내 할 도리는 다한 셈.

더 나선다고 해도 크게 달라질 것도 없었다.

"저는 이제 좀…….

"그래서 너를 대표이사로 삼기로 합의 봤다. 실은 대통령의 의지가 크게 반영된 거지. 나도 딱히 반대할 의견은 없고 최 회장은 좀 못마땅해했지만 어쩔 수 없겠지. 대통령이 직접 언급한 내용을 자기가 무슨 수로……."

"자, 잠시만요."

"왜?"

"방금…… 뭐라고 하셨어요?"

"최 회장이 못마땅한 거?"

"아니요. 그거 말고 그 앞에."

"아아, 너를 대표 삼기로 한 거?"

잘못 들었나 했는데 진짜였다.

"왜요?"

"그야 네가 로드맵을 그렸……."

"전 고졸이고 아무런 경력도 없잖아요. 유능한 경영자도 많은데 어째서 저를 대표로……."

"니가 최고 실력자니까."

"안 돼요. 제가 어떻게 그 사업의 대표가 돼요? 이걸 누가 인정해 주겠냐고요?!"

"시끄럽다 이놈아. 그러게 누가 대통령을 만나고 다니랬냐. 이건 대통령이 찍어 놓은 사항이야. 돌이킬 수 없어."

"아니, 찍긴 왜 찍어요? 그 양반 이상한 양반이네. 삼촌이 좀 말려 주세요. 전 부르니까 어쩔 수 없이 간 거잖아요."

"항공모함 갖고 싶다고 떠벌렸다며?"

입이 떡 벌어졌다.

"그거……까지 들었어요?"

"대통령이 크게 웃으셨다. 널 보면 피가 끓는다고. 어찌나 잘 구슬리는지 네 녀석 얘기라면 팥으로 메주를 쑨다 해도 믿고 싶다고 하더라. 이래도 뺄 수 있을 거 같냐?"

"하아……."

"한숨은 어린놈이…… 남들은 가고 싶어도 못 가는 자린데. 넌 그 자리가 어떤 자린 줄 알고 이러는 거냐?"

"알죠. 잘 알죠. 제 발목을 잡을 덫인데."

"덫이라고?"

"전 대양농원도 맡아야 하잖아요. 저기 롯사에서 내년에 롯사랜드를 개장한다고 지금 난린데. 과천에서도 서울파크가 개장하고 번동에 드림랜드가 열린다잖아요. 그러니까 삼촌이 잘 좀 말해서……."

"진짜 대양농원을 맡을 셈이었냐?"

"네."

"그럼 더 잘됐지 않느냐. 이 사업까지 해 본 너를 누가 반대하겠어."

"하지만 때를 놓치잖아요. 몇 년 뒤에 해 봤자 그게 무슨 소용이에요. 언 발에 오줌 누기지."

"……그렇긴 하겠네. 뭐든지 때가 가장 중요하니까."

155

"그리고 저 수험생이거든요. 오는 12월에 입시 해야 한다고요."

"아, 그렇군."

'아, 그렇군'이란다.

오랜만에 의식도 영혼도 없는 대답을 위한 대답을 들으니 감회가 꽤 새롭다.

그 사이에서 내 대학 생활이…… 저 멀리 나빌레라 하는 소리가 들려왔다.

정말 이들은 내 생활은 전혀 염두에 두지 않은 모양이었다. 아예 그런 얼굴로 확신까지 준다.

어차피 학생증만 따려고 벌인 일이긴 하나 너무 무시당하니 화가 났다.

내가 무시하는 건 돼도 남이 무시하는 건 또 못 참는 게 나다.

막 반격하려는데 삼촌이 또 진지하게 내 이름을 불렀다. 불안하게.

"대길아."

"……네."

"이젠 어떻게 해도 소용없다. 완전히 손을 떠났어."

"왜요?"

"그가 진지해졌거든. 올림픽보다 오히려 이 사업에 더 열의를 보인다. 분위기가 보통이 아니다. 잘못 방해라도 됐다간 진짜 위험하다. 너라면 이 말이 무슨 뜻인지 알겠지?"

"⋯⋯."

"누굴 원망하겠냐. 다 네가 만든 판이잖느냐. 나 참, 어이
가 없어서⋯⋯ 놀랍다 놀랍다 했더니 저 서슬 퍼런 대통령까
지 홀딱 반하게 만들어 놓고. 너 인마, 이제 네 몸은 네 몸이
아닌 거야. 모르겠어?"

왜 모를까.

아니까 더 싫은 거다.

"대양농원은 일단 사외이사로 가자. 내일 당장 등록시켜
놓으마. 딱 거기까지다."

"삼촌."

"그래."

"대표는 둘 중 하나밖에 못 해요. 그리고 이 건은 일단 앉았
다간 최소 2년은 가야 하는 것도 아시죠?"

"알지."

"전 대양농원이 더 끌려요."

"이해한다."

"무조건 가야 한다면 가겠는데 대신 대양농원 대표로 재호
를 앉혀 주세요. 이건 해 주실 수 있죠?"

"재호를?"

"그래야 제 말을 듣죠. 안 그래도 외숙모가 저랑 친하게 지
내라고 보채는 것 같은데 적당하잖아요. 힘 좀 써 주세요."

"너⋯⋯ 재호 입지를 쌓아 주려고?"

바로 알아듣는다.

물론 겸사겸사다.

어쨌든 이래서 삼촌이랑은 얘기가 편하다.

"할 수 없죠. 제 입지를 쌓으러 가려던 건데 제가 못 하면 재호라도 줘야죠. 남 줄 순 없으니까요."

"그렇군."

"아마도 이 건을 마지막으로 대양과 관련된 어떤 사업에도 전 끼어들지 못할 거예요."

"왜 그렇지?"

"그랬다간 두고두고 말이 나올 거예요. 그리고 저도 제 갈 길 가야잖아요. 영원히 대표로 앉힐 작정이 아니시라면 이 사업을 궤도에 세워 놓는 순간 아마도 제 대신 누군가가 오겠죠. 그때도 이런 식이면 안 되니까요."

"하고 싶은 게 있구나."

"많죠. 재호도 할 게 많을 거예요."

"널 따라다니면 할 게 많겠지. 난 재호만 잘 도와준다면 불만 없다."

"언제나 비공식적일 거예요."

"상관없다."

"알겠어요. 그럼, 저도 나름대로 준비는 하고 있을게요."

"구체적 안건이 나오는 대로 보내 주마."

"네."

대충 마무리된 것 같아 일어서려는데 최 회장의 얼굴이 떠올랐다.

이 쉐리한테는 받을 빚이 있다.

"아! 선영한테도 컨설팅 비용 받아 주세요. 삼촌도 돈 냈는데 무임승차하면 안 되죠. 이 사업이 어디 보통 사업이에요?"

"허허허허, 그렇게라도 힘을 더 빼려고?"

자기 유리한 대로 잘 알아듣는다.

"제가 빼는 만큼 삼촌에게 힘이 더 실릴 거니까 괜찮잖아요."

"오냐. 어떻게 해서든 받아 주마. 안 되면 대통령한테 꼰질러서라도 말이다."

"믿고 있을게요. 돈 안 주면 공정한 사업은 없을 거라고 엄포 놓으세요. 곧 앉을 대표이사 자격으로 말이죠. 아주 개박살 내 준다고요."

"크하하하하하, 알았다. 알았어. 내 아주 따끔하게 충고해 주마."

샤워 후 시원한 맥주로 입가심한 것처럼 삼촌은 무척 개운해했다.

기분 좋게 웃었고 말 그대로 만면에 미소가 가득했다.

다만 나만 엿 된 거였다.

다른 자리도 아니고 대표이사라니.

물론 전생에선 그토록 앉고 싶은 자리긴 했지만 지금 내 나이를 돌아본다면 모두가 기함을 토할 게 뻔했다.

겨우 스무 살.

내 돈으로 차린 기업도 아니고 자그마치 국책사업 대표에 스무 살짜리를 앉힌 거다.

미친 게 아닐까.

진짜 가당키나 한지 모르겠다. 제아무리 무소불위 대통령의 힘이라도.

온갖 음해와 날조 그 사이에서 난도질당할 내 인생은 누구에게 보상받을까?

학창 시절의 개판 난리블루스는 필시 거기에 기름을 부을 텐데.

특히나 야당이 가만히 있을 리가 없었다. 실드가 무색하게 흠을 잡으려 할 테고 내 이력은 선데이서울 같은 것들에 노출되어 만백성들의 노리개가 될 테지.

"아예 집에서 나가지 말까."

"네?"

"아니에요. 집엔 다 도착했어요?"

"5분 뒤면 도착합니다."

"알았어요."

심란한 마음 금할 길이 없었다.

내려서도 그랬고 현관문을 통과할 때도 그랬다.

서 실장이 불러 전화기 가져다주며 빨리 받으라고 으름장 놓지 않았다면 계속 그랬을 것이다.

"여보세요?"

-헬로우.

헬로?

정통 본토 발음이다.

서 실장을 스윽 보니 미국이란다.

"누구?"

-마리아예요. 보스.

"오오, 마리아. 웬일이야?"

-궁금한 게 있어서요. 보스.

"네가 나한테 궁금한 게 다 있어?"

괜히 설레는.

중의적이면서 또 멜랑꼴리한 상상을 하게 만드는 말이다.

궁금해요.

-애니카가 보스에게 물어보면 된대요. 궁금한 게 있으면 보스한테 가라고. 보스야말로 천재라고요.

"으응? 어, 그, 그래…… 묻고 싶은 게 뭔데?"

애니카…….

-이동통신이라는 건 단말기가 필요하고 기지국도 필요하잖 아요. 교환기도 중간에 있어야 기본적인 세트가 완료인데요.

"그렇지."

-우리가 개발하는 방식은 아날로그 음성을 디지털로 교환 하여 정확히 전달하는 데 그 의미가 있잖아요. 웬만하면 빠르

고 쉽고 잘 들리게 말이죠.

"그렇지."

-근데 여기에 문제가 있어요.

"뭔데?"

-단말기로 아날로그 음성이 전달되면 기계는 이걸 9.6Kbps 디지털 데이터로 변환, 지정 주파수로 전달하잖아요. 우리는 이걸 우리 방식으로 부호화시켜 다시 19.2Kbps 디지털 데이터로 변환한 다음 인터리빙 작업을 통해 뿌려야 하는데 이러면 될 줄 알았는데 다시 살펴보니 안 되는 거였어요. 아니, 애초에 처음 기획부터가 틀려먹었어요.

이게 무슨 소린지…….

-단말기별로 개별 코드를 인식시켜 용량도 10배나 늘리고 통화 품질에 보안까지 개선했는데 헛짓한 거더라고요. 올스톱이에요. 더 나아가질 못해요. 왜 그런 거죠?

"……."

왜 그런 거라니?

대체 왜 나한테…….

-아니, 어떻게…… 아니, 대체 어떤 식으로 뿌려야 하는 거죠? 코드화시켰다지만 이거 잘못 뿌리면 GSM과 다를 바가 없어져요. 그냥 뿌리기만 해선 장점이 사라지는 거죠. 뿌리는 방식도 중요한 걸 이제 알았어요. 사용자가 수천만인 걸 이제야 가정한 거예요. 바보같이.

"……."

-보스. 보스라면 어떻게 할 거예요? 우리끼린 도저히 답이
나오질 않아요. 답답해서 울고 있는데 애니카가 한 번 보고
모두 안 보스라면 어떤 실마리를 줄지도 모른대서 전화했는
데. 그래서 전화하긴 했는데…… 히잉.

그냥 울어 버린다.

"하아……."

나도 울고 싶다.

애니카…….

이런 걸 고민하라고 너희들한테 10만 달러씩 주는 거란다
라고 말하고 싶었지만, 얘들이 나와 헤어질 때의 눈빛을 기억
하는 나로서는 도저히 그 말을 꺼낼 수가 없었다.

그리고 일주일이었지만 내가 겪어 본 마리아는 진짜 천재
였다.

CDMA 방식도 그녀가 고안했고 또 대부분의 설계마저 다
하였다. 함께 노는 순간에도 생각에 빠지면 몇 시간씩 앉아
있는 괴짜 천재.

그래서 그 셋에게 대충 맡겨 놓으면 어떻게든 결론에 도달
할 거라 생각했었는데…….

뭐든 쉽게 가는 법이 없다.

"큼큼, 그러니까 어떻게 뿌릴지는 생각했어도 어떤 식으로
뿌릴지 또 얼마나 많은 사람이 쓸지는 아예 생각도 하지 않았

다는 거네. 맞지?"

-내 말이 그 말이에요, 보스. 생각은 했는데 이 정도까지 문제가 있을 줄은 몰랐죠. 전파는 공중에서 사방으로 퍼져 나가는 성질이 있잖아요. 적합한 안테나만 있으면 누구든지 수신할 수 있고, 또 신호 변조 방법만 알면 얼마든지 도청 가능해져요. 나는 이게 싫어 코드화시킨 건데 이런 식으로 단순하게 뿌린다면 금세 들통날 거예요. 그러면 아무런 장점이 없어지는 거죠.

코드화시킨 걸 무슨 수로 해독한다는 건데라고는 묻고 싶지 않았다.

그냥 호응만 하고 나오는 대로 말만 하였다.

"결국 네가 생각해 뒀던 방식이 단순해서 문제라는 거잖아."

-네.

"그럼, 단순하게 뿌리지 않으면 되겠네."

-네?

"단순하게 뿌려서 문제라면 복잡하게 뿌려. 복잡하게 못 뿌려?"

-복잡하게요? 어떤 식으로요?

"코드는 해결됐고 이것만도 1차 보안이 된 거잖아."

-그렇죠.

"마리아가 원하는 건 2차 보안이잖아."

-맞아요. 1차로는 경우의 수가 너무 뻔해 조금만 노력하면

파훼할 수 있죠. 나는 적의를 가진 누군가라도 도저히 찾을 수 없을뿐더러 방해전파에도 강한 진짜 통신을 만들고 싶어요.

"좋은 생각이네. 그대로 해. 코드 하나가 안 되면 두 개 세 개로 쪼개든, 같은 코드를 수십 개 주파수 범위로 날리든, 아예 랜덤으로 분산시켜 날리든. 어쨌든 받기만 제대로 받으면 그만 아니야?"

-받기만 제대로 받으면 된다고요? ……어어, 정말 그렇네요. 받는 것까지 보안은 필요 없잖아요. 맞아요. 그 말이 맞아요!

"어째 실마리가 보여?"

-맞아요. 그렇게 뒤섞어 보내면 누구도 찾을 수 없을 거에요. 맞아! 그렇구나! 비트를 곱해 줘도 되고 주파수 자체를 쪼개 보내도 되고 방법은 아주 많잖아. 정말 그러네! 게다가 주파수 대역폭은 쪼개는 만큼 영역도 배가 되잖아. 이러면 수천만이 덤벼도 품질엔 문제가 안 생겨. 우와~ 정말 대단해요. 어떻게 이런 방식을 금방 찾아낼 수 있죠? 보스는 정말 천재인가요? 보스, 당신 같은 사람을 어떻게 사랑 안 할 수가 있겠어요. 당신은 정말 my pleasures. 사랑해요~ 쪽쪽쪽.

"……."

Chapter 11. 상상도 해 본 적 없던 그림

솔직히 마리아가 무슨 소리를 했는지 나는 알아들을 수가 없었다.

무엇이 부족하다는데 그게 뭔지는 모르지만 마리아가 괴롭다고 해서 그냥 상식적인 선에서 늘 쓰는 방법을 들려줬을 뿐이다.

근데 난 어느새 그녀의 기쁨이 되었고 천재의 천재가 되었다.

"뭐가 어떻게 된 건지……."

전화는 금방 끊겼다.

떠오른 아이디어를 적용시켜야 한다나 뭐라나.

자기 말만 떠들더니 뚝.

그 바람에 나는 끊긴 수화기를 들고 '어, 으으응. 도움됐다니 다행이네.' 하며 미드에서 나오는 졸업파티 파트너도 못 구한 찌질이처럼 서 실장의 눈치를 봐야 했다.

요즘 참 충격적인 경험이 많다.

정체성도 흔들리는 것 같고 할 건 또 너무 많고.

대표까지 내정되고…….

"으응?"

그 순간 정신이 번쩍 들었다. 손바닥이 절로 마주쳤다.

"세상에…… 그 양반이 모를 리 없잖아!"

"네?"

"내가 고졸이고 아무런 영향력도 없고 다른 사람이 봐도 낙하산 인사니 뭐니 할 게 뻔할 걸 그 사람이 모르는 게 말이 안 되지. 암, 말이 안 되고말고."

"무슨 말씀인지……."

"아, 씨바. 진지해졌다더니 진짜 각오한 거야? 이 나한테…….'"

보통 사람이 진지해졌다.

순간 흘려들었지만 절대로 흘려들을 말이 아니었다.

나를 대표로 앉힌다는 게 어떤 의미인지.

또 그게 어떤 파문을 불러올지.

잘못됐을 경우 얼마나 큰 희생을 치러야 할지.

계산이 되지 않았다.

그 모든 걸 각오해야 한다는 소리였다.

그럼에도, 비껴갈 수 있음에도 강행시켰다는 건.

"싸워 보겠다는 건가. 그 양반이……."

안 그래도 무슨 트집이라도 잡으려 두 눈에 불을 켜고 덤비는 야당이 옆에 있고 물불 안 가리고 대드는 대학생들이 뒤에 있고 단체다 뭐다 온갖 무리가 자기 이익에 따라 목소리를 내는 시기였다.

그런 그들에게 검증도 안 된 스무 살짜리 남자애에게 국책 사업을 맡긴다고?

두고두고 뒷덜미를 잡을 빌미였다.

정치적으로 돌이킬 수 없는 타격이 내제된 리스크였고.

"씨벌, 올인한 거야? 왜 다 건 거냐고? 아, 왜……?"

나한테 쪽팔리다고 했을 때부터 눈치 챘어야 했다.

술 마시며 이제부터라도 쪽팔리게 살지 않겠다고 했을 때부터 이상하다 느꼈어야 했다.

"하아…… 대체 나한테 왜 이러는 거야. 그냥 적당한 사람 뽑아서 앉히면 다 편할 일이잖아. 굳이 힘든 일을 얻어맞으면서까지 해야 할 이유가 뭔데?!"

"도련님……."

"아, 씨벌. 엿 같네."

이런 말을 하면서도 내 머리는 맹렬히 회전했다.

이걸 어떻게 헤쳐 나가야 하나.

이걸 어떻게 풀어 나가야 하나.

내가 무슨 짓을 한다 한들 일은 정해졌고 나는 어떻게든 편 승해야 한다.

여기서 못 하겠다고 트는 순간 삼촌은 물론 최 회장, 보통 사람까지 적이 된다.

"그건 안 돼. 차라리 언론과 야당의 적이 되고 말지."

정신 차려야 했다.

집중하여 분석하고 명철하게 사리 판별해야 했다.

위기가 온다. 그것도 아주 큰 먹구름이.

"이대론 안 되겠어. 잘못하다간 채 피지도 못하고 꺾여 버 리겠어. 방법을 강구해야 해."

◇ ◆ ◇

내 다급한 사정과는 관계없게 올림픽이 가까워져 올수록 대한민국은 시끄러워졌다.

들도 보도 못한 희한한 단체가 하루가 다르게 생겨나고 데 모는 부지기수로 늘어나고 북쪽은 마지막까지 재를 뿌릴 요 량인지 고려연방제를 위한 남북정상회담 개최를 요구하고, 또 거기에 호응한 학생들은 통일을 부르짖고 어떤 단체는 올 림픽의 단독 개최를 반대한다는 성명도 냈다.

더럽게 시끄러웠다.

시끄러운 게 이상하게도 나라의 큰 흐름으로 작용했고 또 희한하게도 거기에 젊은 정신이 사정없이 휘둘리며 오염됐다. 내 보기에 그랬다.

"이제 와서 올림픽이 안 된다고 하면 오는 애들 그냥 다 돌아가라는 거야? 이게 말이야, 방구야? 애초 유치할 때부터 안 된다고 지랄들 하시지. 등신 같은 것들이."

원칙적으로 올림픽은 아직 이르다는 내 입장이 달라진 건 아니었다.

다만 이미 성화가 돌고 있고 경기장부터 모든 인프라가 건설된 상태에서 반대하는 인간들이 좀 이상할 뿐.

아니, 대체 어떤 심보를 품고 있는지 만나 보고 싶기까지 했다.

"하여튼 개새끼들이 너무 많아."

많아도 너무 많다.

누가 주인인지 길러도 너무 많이 길렀고 풀어도 너무 많이 풀었다.

개들이 움직이는 원리는 간단했다.

이렇게 하면 보상을 받는다.

간식 들고 훈련시키면 효과가 몇 배 상승하듯 반대 성명 내면 누가 돈 준다.

이게 골자다.

돈 뿌리면 무슨 짓이라도 해 주는 이들은 20년 후나 지금이나 같았다.

"그나저나 최 회장 그거는 아직도 안 내놓고 있다는 거지?"

삼촌이 안 움직였을 리는 없고 끝까지 버틸 모양이었다.

"하긴 지금 돈 100억이 동네 머슴 이름도 아니고. 근데 말이다. 그럴수록 괘씸죄는 커지는 거야. 내 머리가 니네를 파고들기 시작하면 정말 감당 못 할 텐데 버틸 수 있겠어?"

안 그래도 그럴 셈이지만 더더욱 그러고 싶어졌다.

앞으로 할 사업들 하나씩 하나씩 찾아내 어깃장 놓기 시작하면 어떻게 나올까.

그때를 기약하며 난 오늘도 정독도서관 구석 벤치에 앉아 고개를 길게 빼 들고 윤지원이 올 방향을 둘러봤다.

"올 때가 됐는데 오늘은 좀 늦네."

컨소시엄 대표직에 대한 고민도 하루 이틀이다.

대충 가닥이 잡히자 난 사흘째부터 다시 공부하러 나오기 시작했다.

그 과정에서 하나 소득이 있었던 건 그녀의 성씨가 '윤'이라는 걸 알았다는 것.

윤 씨. 윤지원.

나도 5부 능선을 넘었다.

"좋아. 마음에 들어. 이제 간단한 인사만 해도 7부를 넘는 거야."

차근차근 탑을 쌓아 가는 거다.

그것이 정점에 다다랐을 때 내 사람으로 만드는 거다.

그날을 기약하며 모의고사 시험지나 깔짝이고 있는데 나

의 아름다운 그녀, 윤지원이 지나갔다. 친구들과 우르르.

캬아~~.

온통 회백색 세상에 총천연색 꽃이 핀다.

오늘도 여전히 아름다운 미소.

단지 5초라도 하루의 피로를 말끔히 씻어 주는 미소다.

"멋져. 멋진데…… 오늘따라 좀 씁쓸하네."

좋으면서도 자괴감에 떠는 내가 싫다.

가서 말 한마디 걸면 될 걸 왜 이다지도 실행을 못 하는지.

내가 이것밖에 안 되나 내 본질이 이런 겁쟁이였나 의심스러울 만큼 못난 짓이다.

"그 양반이 알면 경을 칠 텐데."

정치 생명까지 건 보통 사람이 내가 이러고 있는 걸 알면 어떻게 생각할까.

"에휴~ 가서 준비나 하자. 이제 내일인데. 나도 진지한 모습 정돈 보여야겠지?"

볼 것도 다 봤으니 돌아갔다.

지하철을 타고 돌고 돌아 집에 도착했는데 오늘따라 서 실장은 없고 하제필이가 나를 반겼다.

"오셨습니까?"

"엥? 서 실장은?"

"잠시 몸이 안 좋아서……."

"뭐?!"

깜짝 놀랐다.

순간 죽음이 떠올랐다.

서 실장의 죽음.

"아아……."

이 바보가 서 실장이 어떻게 죽는지 알면서도 지금까지 그
냥 내버려 둔 거다.

이 등신 같은 놈이.

"어딘데? 지금 어디야?"

"지금 침실에 계시……."

"가자."

바로 별채로 갔다.

문을 벌컥 열었더니 그새 10년쯤 늙어버린 서 실장이 누워
있었다. 오늘 아침까지만 해도 괜찮은 것 같았는데.

"서 실장."

"어, 어…… 도련님."

일어나려고 한다.

얼른 잡아 도로 눕혔다.

"누워 있어. 누워 있어. 일어나지 말고."

"어어어, 아이고~ 알겠습니다."

절로 앓는 소리가 나왔다.

온몸이 땀으로 축축하다.

얼굴까지 초췌하고.

사람이 완전히 망가졌다.

알겠지만 단지 몇 시간 만에 사람이 이렇게 되진 않는다. 필시 어젯밤부터 아팠던 거다. 아침엔 날 속였던 거고.

"젠장."

약은 먹었던지 약봉지가 보이긴 했지만.

딱 봐도 몸살이었지만.

내가 더 이상은 견딜 수가 없었다.

"하 비서."

"네."

"당장 구급차 불러."

"알겠습니다."

얼른 뛰어나간다.

모양새가 아마도 서 실장이 막아서 부르지 못한 것 같았다.

"도련님, 약 먹었으니 자고 일어나면……."

"됐고. 앞으로 아픈 거 나한테 숨길 생각 마. 이 정도면 밤부터 아팠다는 거잖아."

"도련님."

"딴생각 마. 치료에만 전념해."

"전 괜찮은……."

"내가 괜찮지 않아. 서 실장이 없으면 내가 괜찮지 않다고. 알았어?"

"도련님."

"아파도 안 돼. 어디 가도 안 돼. 절대로 내 곁을 떠나면 안 돼. 서 실장은 늙어 죽을 때까지 내 옆에 있어야 해. 알았냐고!"

"……."

"잔말 말고 병원 가서 검사받고…… 그래, 이참에 전신 검사로 받자. 내가 그동안 너무 무심했어. 씨벌, 내가 무슨 큰일을 하느라 정신이 팔려서. 젠장."

"도련님, 전 괜찮습니다. 쿨럭쿨럭."

"알아. 알아. 아는데도 마음대로 안 돼. 그러니까 완벽하게 낫기 전까진 오지 마. 나를 위해서라도. 알겠지? 대답해."

"……네."

"복귀하는 즉시 김하서는 일 년에 한 번씩 정기검진을 받게 할 거니까. 반대할 생각 말고."

삐뽀삐뽀삐뽀.

담장 밖으로 앰불런스 소리가 울렸다.

요건 마음에 들었다.

하긴 누구의 부름인데 구급차가 늦게 올까.

말도 안 되는 이유로 늑장 피우는 놈이 있다면 맹세컨대 인생을 파멸시켜 줄 것이다.

실려 가는 서 실장을 보는데 어금니가 다 물렸다.

괜찮을 거 알면서도 왜 이렇게 심장이 조마조마한지 모르겠다.

왜 이다지도 자책이 되는지.

175

겨우 한숨을 내쉬며 현관에 들어서는데 어머니가 딱 서 있다.

서로 데면데면한 지 꽤 된지라 늘 하듯 슬쩍 눈만 마주치고 들어가려고 하였다. 근데 오늘따라 말을 다 건다.

"누가 아프니?"

"……서 실장이요."

"그렇구나."

"올라갈게요."

"할 얘기가 있다."

"……."

"이리 와라. 길게 시간 끌지 않으마."

계단에 올리려던 발을 돌려 일단 소파로 갔다.

멀뚱히 서 있자 어머니는 전에 없던 미소로 나를 앉으라 했다.

"무슨 일 때문이신데요?"

"뭐 급한 건 아니지만 네가 좀 같이 가 줬으면 하는 곳이 있어서."

"어딘데요?"

"그것보다…… 요즘 공부한다며?"

공부한 지가 언젠데.

"……네."

"대학 가려고?"

"대학 다녔다는 표시는 내려고요."

"어쨌든 기특하구나. 그토록 시켜도 안 하더니."

"뭘 시켰다고 그러세요? 입학식이든 졸업식이든 한 번도 안 오신 분이."

"비꼬지 말거라. 보기에 좋지 않다."

"제 앞에서 공부 얘기하는 것도 보기 좋지 않죠."

"……오늘 밤에 같이 갈 데가 있다."

"어딘데요?"

"가족 모임이 있어. 백제 호텔에서."

"가족 모임이요?"

처음 듣는 소리였다.

"일가 직계만 모이는 자리다. 저번처럼 우르르 몰려다니는 게 아니고."

총회합은 아니란 소리.

나까지 부르는 걸 보니 직계와 직계의 자식까지는 허용하는 자린가 보다.

아님, 내가 필요해서 일부러 넣은 걸 수도 있고.

"그렇군요."

"준비하거라."

"삼촌은 나오시나요?"

"외숙모가 대신 나올 거다. 삼촌은 요새 뭘 하는지 무척 바쁘시다구나."

삼촌이 나오지 않는 자리라.

느낌이 더욱 싸했다.

"안 나가면 안 되나요? 나 안 그래도 바쁜데."

"나오너라. 너도 이제 일가와 어울려야지."

"어울리기 싫다면요?"

"오대길."

"어차피 갈라설 사이잖아요. 뭘 그리 도움된다고 시간까지 내 가며 궁뎅이 두들겨 줘야 하는 거죠?"

"무례하구나. 나에겐 형제다."

"우리 집 형제부터 좀 단속하시죠. 어머니는 대체 누구한테 시집오신 거예요? 아버지 형제가 몇 명인지는 아세요?"

"너……."

어머니의 눈이 다시 매서워졌다.

하지만 이젠 정말 아무렇지도 않았다.

얼마 전까지만 해도 움찔할 정도는 해 줬는데.

내공이 늘었던가?

하긴 싸늘한 삼촌도, 폭급한 최 회장도, 진짜 무서운 보통 사람도 다 겪은 나였다. 또 그들의 싸움마저 현장에서 목격하였고.

어머니 정도는 넘어선 지 오래다.

"그렇게 노려보지 마세요. 그런다고 될 게 안 되고 안 될 게 될 일은 없으니까요. 다만 나오라니까 한 번은 응할게요. 대신 다신 이런 식으로 당일에 제 의사도 묻지 않고 명령하지 마세요. 저와 그나마 남은 끈마저 잃어버리기 싫으시다면."

"……."

"시간 맞춰 갈게요. 아! 수행은 김 비서가 할 겁니다. 아시다시피 서 실장이 부재중이라서. 김 비서에게 일러두시면 될겁니다. 그럼 저는 시험공부 때문에."

올라갔다.

그 뒤가 어떻게 됐는지는 관심 밖이다.

어차피 나와 어머니 사이는 딱 그 정도이니.

저녁 7시가 되자 김충수가 올라왔다.

이제 슬슬 준비해야 8시에 도착한다고.

하제필이는 구급차에 태워 보내 놨더니 함흥차사다.

짜식이 대충 경과라도 알려 줘야 사람이 걱정을 안 하지 않겠나.

하여튼 돌아오기만 하면 주리를 틀든 멱을 잡아 쥐든 한따까리해야 할 것 같았다.

"확실히 손이 딸리는데."

아무래도 사람을 더 충원해야 할 것 같다.

근데 이것도 문제다.

믿을 사람이 없어도 너무 없다.

"우리 둘이서 움직이는 건 오랜만이네?"

"네."

"김 비서는 요새 어때?"

"무슨…… 말씀이십니까?"

"생활이 어떠냐고."

"아! 정말 좋습니다. 어머니도 쾌차하셨고 모두 잘해 주셔서 요즘처럼 좋을 때가 없는 것 같습니다. 모두 보스 덕분입니다."

"쾌차? 어머니가 아프셨어?"

"그게……."

말을 전다.

이건 곤란하다는 뜻.

원래 이 정도 되면 프라이버시를 원체 중시하는 내가 먼저 화제를 틀어 버리는데 가는 길도 아직 멀었고 오늘따라 마음이 싱숭생숭한지라 더 들어갔다.

"말하기 어려운 거야?"

"아닙니다. 그게…… 서 실장님이 도와주셔서…… 저희 어머니 목숨을 구했습니다."

"뭐?! 목숨이라고?"

깜짝 놀랐다.

그냥 어디 편찮은 정도만 생각하고 있었는데…….

김충수의 얘기는 그게 아니었다.

심장병.

80년대는 왜 이다지도 심장병 환자가 많았는지 대머리 본인 아저씨의 부인도 이걸 위해 재단도 설립했다.

아무튼 김충수의 어머니도 심장병이었다.

그냥 놔두면 몇 달 못 살 인생.

거기에 서 실장이 끼어들어 김충수를 바로 세우고 어머니 목숨까지 케어한 모양이었다.

"정말 그때는 악만 들어찼습니다. 나라에 목숨 바쳐 충성했는데 군에서 모은 돈으론 치료는커녕 입원도 힘들었죠. 세상 모든 게 원망스러웠습니다. 그때 서 실장님이 나타나셔서……."

돈 문제였다.

어쩔 수 없는 신세 한탄이었고.

심장병은 기본적으로 치료비가 한두 푼이 아니다.

대기 순번은 또 어떻고.

김충수는 절망했을 것이다. 자기 힘으로는 죽었다 깨도 어머니를 살릴 수 없었을 테니.

이제야 알 것 같았다.

그 지랄을 떨었어도 튕겨 나가지 않고 끝까지 남아 나를 지켰던 이유.

'마음의 빚이로구나. 서 실장이 김충수에게 빚을 심었어.'

이런 차원이라면 같이 남았던 하제필도 크게 다르지 않을 것 같았다.

'서 실장…….'

참으로 별난 사람이다.

신비하고.

"다행이네. 쾌차하셨으면."

"감사합니다. 어머니께선 지금도 매일 밤 보스를 위해 기도를 올리십니다."

"으응? 나를 위해 기도하신다고?"

"당신 목숨을 살려 준 것도 모자라 아들마저 이렇게 좋은 곳에 취직시켜 주셨지 않습니까. 어머니는 늘 보스께 감사해하십니다."

"······."

이것 참······.

마음이 이상했다.

누가 나를 위해 기도해 준다니.

그것도 매일 밤을······.

살며 한 번도 상상해 본 적 없던 그림이었다.

내가 누군가의 기도 대상이라고?

내가 왜?

이럴 수도 있는 걸까.

뭐라 표현하기 힘든 감정을 겨우 억누르고 다시 물었다.

"수술 후유증은 없는 거지?"

Chapter 12. 대폭탄

"네. 아주 잘됐습니다. 의사들도 경과가 좋다고 모두 안심
하라고 했습니다."

"잘됐네. 그래도 노인분들은 잘 들여다봐야 해. 큰 수술을
견디려면 식사도 잘하셔야 하고."

"알겠습니다. 잘 살펴보겠습니다."

"근데 아까 군 출신이라고?"

"네."

"어디야?"

"보안이 걸려 있지만, 보스께는 말씀드리겠습니다. 특임대
출신입니다."

"특임대?"

"707백호부대 대테러 작전과 출신입니다."

"듣기만 해도 살벌한 네임인데. 뭐 하는 데야?"

"뮌헨 올림픽 때 이스라엘을 공격한 '검은 구월단'을 보고 자극받은 전임 대통령께서 처음 발족한 부대입니다. 저는 비록 중간에 나오긴 했지만, 실력만큼은 군 최정예 중의 최정예입니다."

"최정예 중의 최정예? 그렇게 세?"

"전투력만 치면 북한의 호위총국과 맞설 수 있는 전 세계 유일의 부대일 겁니다. 다른 곳과는 비교 불가고요."

"호위총국은 뭔데?"

"김일성을 지키는 친위대입니다. 그놈들이 진짜배기죠."

"진짜배기라면 어느 정도인데?"

"한 놈이라도 서울 바닥에 넘어왔다간 대한민국이 마비될 겁니다. 두 놈이라면 서울을 전복시킬 수 있고요. 아주 무서운 놈들이죠."

"겨우 두 놈으로 그렇게 된다고? 뭐야? 그럼 우리 군은 다 등신이야?"

"준비 과정에서 찾지 못하면 그렇게 된다는 말입니다. 사실상 찾기 어려운 것도 사실이니 제 말이 맞을 겁니다."

충성심이 높은 김충수가 이렇게까지 말하는데 더 부인하기도 뭐해 다시 김충수에게 집중하기로 했다.

"뭐 그렇다고 치고, 그러니까 그런 무서운 놈들과 김 비서가 맞설 수 있다는 얘기 아냐?"

"일대일로는 지고 싶지 않습니다."

나도 마음에 들었다. 지금 말한 것에 반의반만 돼도 엄청난 실력자가 내 옆에 있다는 소리였으니까.

"대단한 자신감이네. 좋아. 나랑 일하는데 그 정도는 돼야지."

"감사합니다. 보스."

"근데 거기는 다 거기에서 전역하나? 사회에 나오는 사람 없어?"

"네?"

"주변에 김 비서처럼 나온 사람 없냐고."

"그 말씀은……!"

"그래, 믿을 만한 사람이 있으면 한번 데리고 와 봐. 단, 김 비서만큼 나에게 충성해야 해. 무슨 뜻인지 알겠지?"

"알겠습니다. 근데……."

조금 꺼린다.

이유야 뻔했다.

이런 건 내가 먼저 풀어 주는 게 현명했다.

"서 실장한테 먼저 의견을 구해. 그러면 방법을 마련해 줄 거야."

"알겠습니다. 감사합니다."

환하게 웃는 김충수를 보며 나도 이젠 슬슬 움직여야겠다고 판단했다.

세상은 빠르게 돌아가고 내 지경은 그보다 빨리 상승하는 중이다.

언제까지 집안의 착한 아들로만 살 수 없었다.

"이왕 생각난 김에 본격적으로 봐야겠어. 나도 이렇게 계속 살 수는 없잖아."

호텔 백제에 도착하니 지배인이 대기 중이었다.

차에서 내리자마자 그의 인도를 받아 스위트룸 전용 엘리베이터를 타러 갔는데 스윽 봐도 요소요소에 경호원들이 가득했다.

나만 혼자 오를 수 있었는데 엘리베이터에서 내리자 또 한 무리의 경호원이 나를 맞아 안으로 입장했다.

하여튼 이것들은 자기 몸은 엄청 챙긴다.

"대길아~."

입장하자마자 나재호가 제일 먼저 나를 불렀다.

그 외침에 나도 시선이 갔고 다른 이들도 곧 나를 봤다.

시선이 중간에서 막 마주치는데 기분이 묘했다.

"정말 다 모였네."

거의 할머니뻘인 첫째 이모부터 막내인 어머니까지 다 보인다. 그들의 자식까지 줄줄.

확실히 그들의 자식의 자식까지는 오지 않은지라 한산해

보이긴 했다.

초장부터 자꾸 엉기는 나재호를 물려 두고 우선 인사부터 하러 갔다.

"저 왔습니다."

그러자 첫째인 나인혜가 나서서 반겼다. 이 양반은 나중에 대양제지를 가지고 나간다.

"어서 와라. 어머나~ 신수가 아주 훤하네. 정희야, 좋겠다. 아들이 이렇게 잘나서."

"뭘요. 알아서 하는 애라⋯⋯."

"기집애가 또 내숭은. 내가 널 알아봤어야 했는데. 아들 교육을 이렇게 똑 부러지게 시켜 놓고 맨날 한숨만 내쉬고. 너 그러면 안 돼~ 예. 그래그래, 대길아, 요즘 공부한다고?"

뭉쳐 있더니 그새 도서관 다니는 것까지 말했나 보다.

"아⋯⋯ 네."

"그래, 열심히 해야지. 이번엔 대학 가려고?"

"네."

"어느 대학? 작년에 보니까 대학부터 찍어 놓고 하대? 요상하게. 그래, 우리 대길이는 어느 대학을 찍으려나?"

"한국대 생각하고 있어요."

"어머어머, 한국대? 우리 대길이가 한국대 학생이 되는 거야?"

"시험 봐 봐야죠. 너무 그러지 마세요. 떨어질 수도 있으니까⋯⋯."

민감한 사안인지라 그만해 달라는 기색을 보였으나 큰이모인 나인혜는 물러설 생각이 없었다.

"나 회장도 껌뻑 죽을 머리를 공부에 온전히 쏟는데 안 될 게 뭐 있겠어? 막내아우, 이러다가 우리 대양가에 재호 말고 또 한국대 학생이 나오겠어."

가만히 있는 외숙모까지 건드린다. 나재호 엄마다. 삼촌 마누라고.

"뭐 그러면 좋죠. 형님. 대길이가 잘되면 다 좋죠. 호호호 호호."

웃는데…….

웃는 게 아니었다.

외숙모로선 지금 이 상황에서 나재호가 나에 대항할 유일한 무기가 한국대인 걸 잘 알고 있었다.

그러니까 내가 한국대에 입학하는 순간 유일한 우월 포인트가 사라지는 거다. 대양 유일의 한국대 학생이라는 타이틀이 말이다.

당연히 좋을 리 없었다. 그렇지 않아도 비교당하는 판에.

이쯤 되니 나도 장난기를 참을 수가 없었다.

"저번에 외숙모께서 좋은 말씀을 해 주셔서 착실히 공부할 마음을 먹었어요. 감사합니다. 앞으로 더 열심히 하겠습니다."

꾸벅 인사도 다시 해 주고.

"그, 그래, 잘하면 서로 좋지. 재호가 선배니까 많이 도와줄 거야."

외숙모 표정이 가관이 됐다.

근데 동양사학과가 뭘 도와줄 수 있을까.

"그럼요. 도움 많이 받아야죠. 그럼 저 재호랑 같이 다녀도 되죠?"

"그……럼. 재호도 너랑 다니는 걸 많이 좋아하더라. 사촌 끼리 서로 잘 챙겨 주면 좋지."

"안 그래도 저기에서 재호가 기다리네요. 가 볼게요. 저 가 보겠습니다."

더 잡고 싶어 하는 여자들 무리에서 얼른 빠져나왔다.

안 그래도 기다리던 나재호도 얼른 내게 붙었다.

그러더니 주변을 돌아보며 들릴 듯 말 듯 작은 소리로 입을 놀린다.

"야야, 너 무슨 얘길 한 거야. 아버지한테."

"뭘?"

"씨바, 어제 나한테 와서는 농원 공부하라잖아. 니가 도와 줄 거라고."

"아, 그거?"

"그래, 인마. 엄마도 간만에 웃었어."

"그러냐?"

그래서 별다른 공격 안 했나?

189

까불었는데도.

"뭐 그렇게 됐다. 원래 내가 하려다 너 주는 거니까 잘해라."

"진짜로 나 그쪽으로 가는 거야?"

"근데 삼촌이 조건 하나 안 달디?"

"무슨 조건?"

"진짜 안 달았어? 보내 주는 대신 뭘 어떻게 하라고 하는."

"그거? 니 말만 잘 들으면 된다던데? 딴 건 없었어."

"그래, 인마. 그거야. 내 말 잘 듣는 거."

"그거였어?"

"힘들어?"

"힘들긴. 그냥 하면 되는 거잖아."

"좋은 자세다. 이 형님 말만 잘 들으면 꽃길 걷게 해 줄게. 넌 아무 걱정 안 해도 돼."

"하아…… 진짠가 보네. 그래도 서른은 돼야 그룹 실무부터 배울 줄 알았는데."

"농원으로 시작해. 그룹 실무가 대수냐? 황태자가 경영 일선에 있는 게 중요하지. 거기서 경력 쌓으면 되잖아."

"그런가?"

"그래, 인마."

"알았어. 근데 너 제남이 형이랑은 안 볼 생각이냐?"

"제남이? 왜?"

"저기서 꼬라보고 있잖아. 빨리 와 인사 안 하냐고."

손가락이 가리키는 곳을 보니 그 쉐리가 확실히 이쪽을 보고 있었다.

안 그래도 저번에 한바탕 뒤집질 못해 찝찝했는데.

웃어 줬다.

"재호야."

"응."

"넌 사업을 나이로 하냐?"

"그야……."

대답 잘해야 한다.

니 아버지도 20년 차이 나는 형제들을 재끼고 왕좌에 올랐으니까.

"그러네. 사업에 돈 많고 능력 있는 놈이 캡이지. 나이가 무슨 상관이야. 네 말대로 저딴 새끼 신경 쓸 필요가 없었네."

"그래, 인마. 큰 삼촌도 외국으로 튄 지 오래인 집안 따윌 내가 왜 신경 써야 하냐? 까불면 짓밟아 주질 못할망정."

"알았어. 나도 그럼 신경 안 쓸게. 굳이 예의 안 지켜도 되는 건데 여태까지 괜히 인사나 하고 다녔네. 피곤하게."

"쿨하게 가자고."

"쿨?"

"편하게 가자고."

"오케이."

대양제당 쪽은 설탕이나 잘 팔다가 나중에 식품 기업으로 콘셉트 잡으면 된다. 괜히 나대다가 나랑 부딪치면 그때부터 개박살 내 주면 되고.

난 앞으로 대양제당에 관한 한 식품 외 모든 부문에서 딴 죽 걸 생각이었다.

고로 언제든 한 번은 붙게 돼 있다.

'그날을 기약해 주지. 개쉐리. 크크큭.'

분위기는 점점 고조됐다.

보통 모임이 시간이 갈수록 흐지부지되는 것에 비해 우리 가족 모임은 이상하게도 시간이 갈수록 열기를 더해 갔다.

이유가 있었다.

한 시간쯤 더 지나자 내 주위로 하나씩 붙기 시작하는데 이 이상은 참기 어려웠던지 너나 나나 소기의 목적을 드러낸다. 노골적으로.

-진지한 만남을 원한다.

-네 의향을 말해 달라.

방법이 고급지긴 했다.

모두가 있는 데서 잘못 날을 세웠다가 서로 척지느니 따로 만나 친분을 쌓는 게 훨씬 더 합리적임을 이들도 깨달은 것 같았다.

아닌 놈들은 여전히 아니었지만……

어쨌든 내가 갑이었다.

나는 조용히 미소로만 일관해 줬다.

누구의 제안에도 섣불리 대답하지 않았고 또 그렇다고 명확한 거절도 삼갔다.

가능성만 5% 열어 둔 채 비껴 보냈고 나재호만 유일하게 모두가 보는 앞에서 길게 대화를 나눠 줬다.

외숙모는 좋아했고 그럴수록 다른 이들은 더욱 안달 냈다. 어머니 여사의 얼굴빛도 점점 흑빛이 되었고.

상관없었다.

나는 갑. 저들은 을.

누가 누구한테 요구란 걸 할까.

아무도 감히 나를 거역하지 못할 때쯤 난 바로 털고 나왔다. 시험공부 해야 한다고. 더 있지 못해서 죄송하다고.

이 일이 닭 쫓던 개를 만든 건지 여기에서 또 누가 어떤 실마리를 찾을 건지에 대해선 언급하지 않겠다.

오는 놈은 오는 거고 모르는 놈은 계속 모르는 게 좋았다.

내가 더 이상 을이 아님을 인식시켜 줬다는 게 제일 중요했다.

오늘도 소득은 꽤 많았다.

드디어, 올림픽이 개최되었다.

화합과 전진의 기치 아래 전 세계 160개국이 참가하는 지구촌 최대의 축제가 마침내 대한민국에서 열렸다.

약 세 시간가량 중계되었는데, 건축가 김수근이 한국적 미를 이용해 설계했다고 주장한 주 경기장이 화면에 가득 찼고 온갖 꽃가루가 휘날리며 수만 마리의 비둘기가 하늘을 수놓는 장면이 보였다.

서울여상과 동대문상고 애들이 여름 나절 뙤약볕에서 죽도록 연습한 오륜기 퍼포먼스가 지나갔고 꼬마 아이 하나가 굴렁쇠를 막 굴리다 한 번 떨어뜨린 모습도 보이고 성화 최종 주자로 낙점된 손기정 옹이 경기장에 들어오자마자 우유 먹고 달리고 싶었다던 임춘애에게 성화를 넘기고 또 임춘애는 달려 성화대에 대기하던 일반인들에게 넘기는 모습까지 봤다.

성화를 든 일반인들은 엘리베이터 같은 시설에 타고 올랐는데 압권은 미리 풀어 뒀던 비둘기가 성화대에 앉아 있다가 불이 붙는 순간 통구이가 됐다는 거였다.

아무튼 선수단이 입장하고 대통령 축사가 이어지고 관계된 자들이 한마디씩 하고 애국가가 제창되고 모두가 흥겹게 노는 가운데 코리아나가 '손에 손잡고'를 불렀다.

공식적으로 2조 4천억이 든.

비공식적으로 얼마가 든지 모를.

삼만 명의 자원봉사자가 끝날 때까지 일당 2천 원만 받은.

개발도상국 최초의.

온 국민이 합심하여 열광한.

앞으로 완벽에 가까운 성공으로 대한민국의 역량을 널리
알린 쾌거라 기록될.

동서 이념분쟁에서 세계 평화로 나아갈 새로운 계기가 되
었다 자축할.

대한민국의 국제적 지위를 격상시켰다고 길이길이 평가될
세계인의 대축전이 지금 막 시작되었다.

온 국민의 이목이 잠실 주 경기장에 집중된 이때, 청와대
춘추관에서는 비서실장이 슬그머니 기자들을 모셔 놓고 이
런 발표를 하였다.

"앞으로 정부는 빠르게 발전하는 국제화 시대에 발맞춰 국
가와 민간의 폭발적 성장과 상생을 위한 야심 찬 프로젝트를
진행하려 합니다. 이는 국가와 민간이 힘을 합쳐 크게 열릴
세계 시장에 대비해 견고한 자생경쟁력을 키움과 동시에 올
림픽과 함께 21세기로 향해 가는 세계 속에서 자랑스러운 대
한민국을 알리려는 조처입니다. 총 네 가지 사안으로 진행될
텐데요. 다시 말씀드리지만 발표될 모든 사안에 대해 정부는
과감한 결정을 할 것이며 총력을 다해 이룩할 것을 약속드립

니다. 자, 첫 번째 사안으로 정부는 경제 개발을 위한 대책으로 공기업의 민영화를 추진하는 바입니다."

올림픽처럼 나의 프로젝트도 시작되었다.

무소와 같이 멈추지 않는 비서실장처럼 나도 앞으로 나아갈 것이며 주저함 없이 세상에 맞설 것이다.

발표문이 진행될수록 기자들의 입이 떡 벌어졌다.

가히 파격이었고 개벽이었다.

올림픽이란 세기적 이슈를 두고 정부가 또 이런 대폭탄을 준비했을 줄이야 누가 상상이나 해 봤을까.

그럴수록 기자들의 펜이 바빠지는 건 차라리 본능이었다.

그렇게 한 시간이 지나지 않아 질의·응답 시간이 왔다.

Chapter 13. SD 텔레콤

"미래일보입니다. 앞서 청와대의 발표를 요약해 보면 크게 네 가지로 점철될 수 있겠는데요. 하나는 경제 발전, 둘은 국토 개발, 셋은 국민 안전, 넷은 과거 청산이로군요. 이 넷이 맞습니까?"

"옳게 보셨습니다. 6공화국이 들어선 대한민국은 앞으로 과거의 탈을 벗고 신세기로 나가야 할 겁니다."

"그렇다면 과거 청산은 혹 5공화국을 지칭하는 말씀이십니까?"

"과거는 특정 범위에 한정하지 않습니다."

"그 말씀은 5공화국도 범위에 포함될 수 있다는 말씀이신가요?"

"해석에 따라 다르겠죠. 그리고 지금은 전체를 브리핑하는 자리니 너무 한 분야만 집중하지 말아 주시기 바랍니다. 다음 분."

미묘한 뉘앙스였으나 모르는 사람은 없었다.

결국 기사도 각자 알아서 쓰란 말이었다.

"조국일보입니다. 세 번째 국민 안전에 대해 조금 더 구체적으로 말씀해 주십시오. 이걸 빌미로 국민의 많은 부분에서 자유를 억제당한 바 있어 정확하게 풀이해야 할 것 같아 여쭙는 겁니다. 사안이 사안인지라."

"어떤 식으로요?"

"국민 안전도 해석에 따라 범위가 달라지지 않겠습니까. 5공화국에서는 안전을 자의식대로 전용한 일들이 많이 벌어졌습니다. 새 정부마저 그렇게 흘러간다면 국민의 실망이 클 테니까요."

"그렇게 보신다면 국민 안전은 크게 두 가지로 접근해야 옳겠습니다. 하나는 자주 국방이고 둘은 민생 안전입니다. 대한민국은 평화를 사랑합니다. 비록 남북으로 분열돼 서로 총부리를 겨누고 있지만, 다시는 과거에 있었던 불행한 일이 되풀이되지 않도록 경주하여야 할 것입니다. 이에 대해 정부는 북한에 한반도 비핵화를 제안할 예정이며 미국에 간 전시작전통제권을 회수하고자 합니다. 그리고 마지막으로 민생을 해치는 사회 불안 요소를 뿌리 뽑고자 하니 다른 쪽으로는 접근하지 말아 주셨으면 좋겠습니다."

"그렇다면 민생을 해치는 사회 불안 요소를 구체적으로 어떻게 정의하시는지 알 수 있습니까? 혹 다시 무력 정치를 지향하는 거 아닙니까?"

"제6공화국은 대한민국 민주화에 기치를 건 6.29선언으로 발족하였습니다. 다시 그때로 돌아가자는 건 정부의 정당성을 잃게 되는 행위이지요. 확대해석하지 마시고 민생에 기생해 삶을 고달프게 하는 쥐를 잡는다 보시면 될 겁니다. 그래요. 이건 범죄와의 전쟁입니다."

"범죄와의 전쟁이라면 깡패 같은 걸 의미하십니까?"

"조폭도 사회 불안 요소에 들어가겠지만 그게 다가 아닙니다. 민생 안정은 한마디로 상식적이지 않은 걸 지양하지요. 예를 들어, 공무원이 일하지 않는다던가. 정당한 노동의 대가를 지급하지 않는다던가, 큰 힘에 밀려 부당한 대우를 받는다던가 하는 것일 겁니다. 즉 법과 질서를 해치는 모든 범위를 아우릅니다."

질문은 엄청나게 쏟아졌다.

올림픽이란 걸출한 이벤트를 벌이면서도 이러한 내용을 전격적으로 발표했다는 건 그만큼 속도를 붙이겠다는 뜻임을 바닥에서 잔뼈가 굵은 기자들이 모를 리 없었다.

신랄하게 파고들었고 또 그것이 현재 자기 이익과 얼마나 상충하는지 계산했다.

국토 개발 부문에 들어가서는.

동서 균형을 위한 서해안 고속도로 건설이 과연 이 시기에 필요한 건지.

서울로 집중되는 인구를 분산시키고자 건설하겠다는 분당·일산 등지의 200만 호가 과연 집값을 잡는 데 한몫할 수 있는지.

김포공항의 수용량이 한계에 다다라 짓겠다는 신공항의 위치를 어디로 결정한 건지.

조금이라도 힌트를 받으려 매처럼 눈을 빛냈다.

특히나 경제 발전에 다다라서는.

단계적 시장 개방이 지금 대한민국의 현실에 적합한 건지.

무분별한 투기를 막기 위한 토지 공개념의 도입이 도리어 사유재산을 억압하는 건 아닌지.

그리고 공기업 민영화란 떡밥으로 과연 정부가 무얼 노리는지 혹은 지금으로서는 섣부른 판단이 아닌지.

매섭게 덤볐다.

"공기업 민영화에 대해 구체적으로 설명해 주십시오. 대체 어떤 개념으로 시작된 일인지, 그게 앞으로 국민 생활에 어떻게 또 도움이 되는지 정보가 없습니다."

"낯설 거란 건 충분히 이해합니다. 하지만 아예 없던 얘기가 아니었고 전 정권에서도 균형적 발전을 위해 논의되던 사안이었습니다. 특히나 앞으로 펼쳐질 자유시장경제 체제에서는 국가의 경쟁력도 중요하지만, 민간의 경쟁력 또한 무시할 수 없는 부분이고 아니, 거의 확실히 하건대 민관이 똘똘 뭉치지 않으면 세계라는 파도에서 살아남을 수 있을지 장담키조차 어렵습니다. 정부는 이를 준비해야 할 의무가 있습니다. 앞으로의 세상이 그럴 것이라는 최악의 가정 아래 움직여야 할 필요성이 있었고, 이에 대한 인식은 여러분들도 크게 다르지 않을 거라 믿습니다. 정부의 고민은 다른 게 아닙니다. 과연 어떻게 해야 다가올 새로운 100년을 알차게 만들 수 있을까. 새천년을 맞이할 한민족의 정기를 더욱더 북돋을 수 있을까. 후세에게 부끄럽지 않은 오늘이 될 수 있을까. 그렇다면 묻고 싶습니다. 여러분은 여러분의 미래를 위해 대체 무얼 준비하는지요?"

말을 잠시 끊고 좌중을 둘러보는 비서실장이었다.

그의 표정은 비장했고 또 결연했다.

"한민족이라는 토대 위에 건설된 대한민국이라는 국가는 한민족의 미래를 위해 나아갈 수밖에 없는 숙명을 타고났습니다. 어떻게 하면 잘살 수 있을까? 어떻게 하면 조금 이상적인 국가를 만들 수 있을까? 그 시작은 결국 현재였습니다. 그리고 결론은 융합이었습니다. 혼자서는 안 된다. 민과 관이 모두 힘을 합쳐야 한다. 다소 경직된 공적 조직을 민간에 이양하고 민간의 창의적이고 역동적인 힘을 다시 관에 불어넣는다. 새로운 판을 만들자. 이 땅의 모든 국민이 처음부터 우리였고 내 나라였고 내 겨레였습니다. 전 국민이 똘똘 뭉쳐도 모자랄 판에 굳이 편을 구분하여 전력을 분산시킬 이유가 있겠습니까? 여러분께 당부하고 싶은 건 초점을 국가와 민족에서 빗겨나지 않게 해 주십사 하는 것입니다. 88년 오늘 세계인의 대제전인 올림픽이 이 대한민국에서 열렸습니다. 이것을 신호탄으로 앞으로의 10년이야말로 나중의 100년을 좌지우지할 바탕이 될 것입니다. 도와주십시오. 정부는 오직 우리나라만 생각합니다. 모든 노력을 다해 해내고 말 것입니다."

"……."

"……."

"……."

"……."

순간 숙연해졌다.

비서실장의 말은 힘이 있었고 그 말은 또 속 안 깊숙이 감추어 두었던 기자들의 열정을 자극했다.

여기 있는 누가 나라의 발전을 반대할까.

그 방향이 자신의 이익과 상충하지만 않는다면 반대할 사람은 아무도 없을 것이다.

그러나 이들은 기자였다.

잠시 적막이 흘렀으나 뒤편에 앉아 있던 누군가의 손이 들리면서 다시 회견은 속행되었다.

"앞서 정부의 입장은 잘 들었습니다. 좋습니다. 공기업의 민영화 개념이 그렇다고 한다면 구체적인 방안은 어떻게 잡혀 있습니까? 그것 없이는 저희도 어떻게 판단할 근거가 부족합니다."

"이제부터 말씀드리겠습니다. 첫 시작으로 통신산업을 개방할 예정입니다. 현재 정부 주도로 컨소시엄을 구성하였으며 두 개 기업이 정부의 조건을 달성했습니다. 지분 구조는 아마도 정부 2, 기업 6, 국민 2의 비율이 구성될 것 같고, 이에 대한 자세한 내용은 일주일 뒤 컨소시엄 대표가 다시 설명해 드리게 될 겁니다."

"이미 정해졌다는 말씀이십니까?!"

"그렇습니다."

"어째서 이런 중요한 사업을 공개적으로 진행하시지 않은 건가요? 이것이야말로 앞서 들었던 과거 청산에 위배되는 거라 생각지 않으십니까?"

"다소 그렇게 보일 수 있겠으나 유럽은 작년부터 개발에 들어간 상태이고 다른 나라들도 그렇습니다. 더 늦었다간 통신산업의 후발주자가 되어 갖은 어려움에 직면할 겁니다. 이에 따른 과감한 조치로 진행된 것이니 의도에 대한 오해는 말아 주시기 바랍니다."

"대체 어떤 기업이 여기에 참여한다는 겁니까? 기업끼리는 모두 얘기가 된 겁니까?"

"모두 일주일 뒤에 발표될 겁니다."

"다른 사안에 대해서는 개방을 강조하시면서 이 일에 대해서만큼은 감추시는 이유가 무엇입니까? 여기에 무슨 문제가 있는 겁니까?"

"속도전이라 그렇습니다. 하루라도 늦어선 안 된다는 절박함. 만일 이 일로 인해 어떤 멍에를 져야 한다면 정부는 달게 질 용의까지 있습니다. 최첨단 산업을 위한 첫 삽을 뗴는 만큼 정부도 그만한 각오를 두고 움직이고 있음을 믿어 주시기 바랍니다. 모두가 한민족의 새천년을 여는 일이라 판단합니다."

계속 이어졌다.

민영화될 공기업의 명단이 나올수록 기자들은 펄쩍 뛰었으며 그렇게까지 해야 하는 이유를 물었다.

열기가 너무 올라 아슬아슬한 수위까지 접근하는 질문들도 속출했다.

하지만 비서실장은 시종일관 담담하였다.

거를 건 거르고 무시할 건 무시하고 답해 줄 건 답해 주면서 회견을 진행시켰다.

세상이 SD 텔레콤의 존재를 알아 버렸다.

대폭탄 시대의 개막.

올림픽에 정신 팔린 사이 정부가 정·재계를 후려쳤다는 기사가 전신에 도배되고 일파만파로 퍼져 나갔다.

언론은 순간 아노미에 빠져 버렸다.

제대로 된 정보가 없는 상태에서 어느 것을 중점으로 보도 해야 할지 또 그렇다고 제 마음대로 소설을 쓸 수도 없었다.

이때 대통령 눈 밖에 나겠다는 건 언론이든 언론사주든 그 할아버지든 상관없이 어디론가 붙들려 가겠다는 뜻과 같았다.

답답한 국면이 흘렀다.

어떻게든 긁긴 긁어야겠는데 마냥 아부만 떨었다간 여소 야대의 국면이 이걸 또 가만히 두지 않을 테고.

또한 광고를 해 주던 기업들까지 발칵 뒤집혀 언론을 쥐 잡 듯이 몰아댔다. 확실한 정보를 물어오지 않는다고.

잘못하다간 언론이 개박살 나게 생겼다.

그때부터였다.

언론이 핏불테리어처럼 집요하게 물고 늘어지기 시작했다.

온갖 루트를 통해 정보를 캐려 했고 가진 정보원을 모두 풀 어 앞으로의 일에 대비했다. 청와대 언저리에서 돌았으며 전 경련에 진을 치고 대기했다.

조금이라도 뭐가 나왔다고 하면 우르르 달려가길 수십 번.

그사이 꽤 결실을 얻어 선영과 대양이라는 이름에까지 접 근하는 쾌거를 이뤘다.

다음 날부터 집중포화가 시작되는데, 이 모든 걸 지켜본 나 로서는 앞으로의 이들과 맞상대할 내 미래가 걱정되기 시작 했다.

"장난 아닌데. 온 나라가 정부를 잡아먹을 것처럼 덤비네.

이거 왜 이래?"

"⋯⋯."

"이 마당에 내가 드러나면 어떻게 될까? 나 잡혀 죽는 거 아냐?"

"⋯⋯."

아주 생중계로 이리 뛰고 저리 뛰고.

눈이 아예 돌았는지 삼촌 차량을 몸으로 막고 덤비는 놈도 있었다. 저러다 괘씸죄에 걸리면 진짜 뒈질 수도 있는데.

그게 며칠이나 됐다고 의혹이 이젠 의혹을 물어 해일처럼 일어났다.

그 해일엔 정부도 삼촌도 최 회장도 소용없었다. 매국노가 됐고 밀실 정치의 선구자가 됐고 국민 혈세를 담보로 협잡이나 하는 꾼이 됐다.

그냥 놔뒀다간 올림픽도 유명무실해질 판이었다.

"어쩌면 차라리 나에겐 잘된 건가? 계속 이렇게 흘러가다 보면 괜찮을 수도 있겠는데."

"⋯⋯."

김충수를 보았다.

여전히 말이 없다.

말이 없어서 편한 면도 있긴 한데⋯⋯.

서 실장이라면 꼬치꼬치 캐묻고 깐죽대고 하더라도 말상대는 되었다. 그러고 보니 병원에 간 김에 한 일주일 잘 요양

하고 오랬더니 연락도 없다.

"그럴 수도 있겠어. 여기서 날 대표로 선임했다는 소식이 들리는 순간 또 한 번 나라가 뒤집힐 거야. 이거 잘하면 바뀔 수도 있겠어. 맞아. 바뀌어야 해."

"……."

이 정도 파도라면 정부도 인사를 다시 고민할 수밖에 없었다.

지금 시점, 나라는 존재는 너무 위험했다.

사업 자체가 뒤집힐 수도 있는 사안이 아니던가.

일단 기다렸다.

보통 사람이 마음을 고쳐먹고 모두가 인정하는 유능한 자를 데려오길 기다리며.

그리고 마지막 날이 되자 꿈에서조차 기다리던 소식처럼 어떤 사람이 날 찾아왔다.

최순명이었다.

저번에 내가 찍은 사람.

한국전자통신연구소 초대 소장으로 시분할 교환기 TDX를 개발해 유선전화의 새 시대를 열었고 더 넓게는 IT 코리아의 시발점을 만든 사람.

한국인 주제에 NASA 제트추진연구소에서 7년이나 근무했던 이 시대의 석학이자 나 외에 이 사업을 성공시킬 유일한 사람이 날 찾아왔다.

난 이 사람이 나 대신 대표에 앉나 싶었다.

"젊다 젊다 했는데 정말 이토록 젊은 분이실 줄은 꿈에도 몰랐습니다."

"네."

"SD 텔레콤의 초대 대표로 오신다고요?"

"……네?"

이 사람이 아니던가.

대표라서 이 일에 대한 전반적인 의견을 논하러 온 자리가 아니라면 이 양반은 왜 여기에 온 걸까.

"납득되지 않았습니다. 자본의 논리란 걸 짐작은 하지만 그래도 납득할 수 없었습니다. 이 일이 보통 일입니까? 어떻게 이런 일이 벌어질 수 있습니까? 대표로 내정되신 걸 들으셨죠? 수락하셨습니까? 아니, 어떻게 이런 일이 벌어졌나요? 이게 가당키나 한 일입니까?"

"하아……."

싸우자고 온 거였다.

가타부타 안 되면 사표라도 던질 요량.

결국 내 바람은 통하지 않았다.

내일이 발표 날인데 핵심 인물이 이런 용건으로 찾아왔다는 건 보통 사람도 쌍혹으로 줘터질 각오를 했다는 거다.

그건 곧 나도 더 이상 약한 마음을 먹어서는 안 된다는 얘기였다.

"무엇이 문제죠?"

"무엇이 문제라뇨? 정녕 문제점을 인식하지 못하시는 겁니까?"

"제가 바로 SD 텔레콤의 대표입니다. 이게 문제입니까?"

"하아……."

"왜 한숨을 쉬시죠? 다시 묻겠습니다. 저의 무엇이 문제입니까? 저의 능력이 문제입니까? 제 경력이 문제입니까? 제 나이가 문제입니까?"

"모든 게 문제입니다. 나이도 경력도 능력도 의문이지 않습니까?"

"그럼에도 전 대표로 앉았고 최 소장님은 연구소장으로 앉아 계시네요. 이 차이를 정녕 모르시겠습니까?"

"성골, 진골을 따지시는 겁니까?"

"편협한 선입견을 가지고 계시는군요."

"편협한……이요?"

"다시 말씀드리죠. 제가 바로 SD 텔레콤의 대표입니다."

보통 사람의 입장이 바뀌지 않았다는 건 죽으나 사나 난 SD 텔레콤의 대표라는 얘기였다.

삼촌이 최 회장이 달려와 언질을 주지 않았다는 건 그들도 변함없이 나를 지지한다는 소리였다.

이미 끝난 얘기.

천출이라도 이 순간만큼은 나라를 아우르는 정결한 품위와 태산 같은 우직함으로 나아가야 했다.

나는 대표였고 이자는 내 직원이었다.

곧바로 본론으로 들어갔다.

"자, 이왕지사 찾아오셨으니 무슨 일을 도와 드릴까요?"

"제 일을 도와준다고요?"

"말씀하세요. 이 아까운 시간에 이미 결정된 사안으로 왈가왈부는 소모적 논쟁일 뿐입니다. 아닙니까?"

"……그렇겠죠. 떠날 생각이 아니라면 더욱 그럴 테고요."

"쉽게 인정하시네요. 좋습니다. 그러나 방향성이 맞지 않네요. 전 대표고 최 소장님은 직원이죠. 실력에 대한 증명은 제가 아니라 최 소장님이 하시는 거고요."

"그것도…… 맞네요."

"이제 다 해결됐습니까?"

"그럴 리가요. 핵심은…… 후우~ 그저 하나만 묻고 싶었습니다. 이 일이 어떤 건지는 아시죠?"

"모를 리가요."

"그럼 이 일을 해내실 자신은 있으십니까?"

"제 존재에 대한 증명은 국민께 해야겠죠. 최 소장님이 아니라."

"……그렇군요."

"자, 다시 돌아가겠습니다. 무엇을 도와 드릴까요?"

"지금 그게 중요한 게 아니지 않습니까? 정말 한국형 통신 표준을 만들 수 있다고 보십니까? 이제 겨우 유선전화나 보급시키는 나라가? 이게 가당키나 한 겁니까?"

"결론은 2년 안에 완료해야 합니다. 그래도 유럽보다 1년은 늦은 거죠. 이 차이가 얼마나 많은 부문에서 불이익을 가져올지 아십니까?"

"하아…… 무조건 해야 한다고만 말씀하시는군요. 정부의 관료같이."

"대신 책임은 제가 집니다. 정부의 관료처럼은 아니고요."

"책임을 진다고요? 대체 무엇으로요?"

"아직까지도 절 우습게 보시는군요. 결론적으로 말해 이 일의 처음과 끝에 제가 있습니다. 대양, 선영이 조 단위 예산을 책정하며 이 일에 뛰어들었죠. 아시겠지만 대통령 또한 정치 생명을 걸었고요. 저 또한 그렇게 되겠죠. 물론 최 소장님이 우리 집에 찾아온 이유를 짐작합니다. 이번엔 제가 묻겠습니다. 최 소장님은 그분들만큼 각오가 서신 겁니까?"

"네?"

이게 무슨 소리냐는 표정을 짓던 최순명이 순간 어떤 사실을 떠올렸는지 눈이 번뜩 떠졌다.

"아……."

입마저 떡 벌린다.

표정만 봐도 머릿속이 어떤지 알 것 같았다.

과정은 이러했을 거다.

스무 살짜리 어린놈이 대표로 온다는 소식을 들은 순간 빡 돌았을 테고, 모든 것을 관두는 심정으로 여기까지 달려왔을 것이다.

이것도 저것도 안 된다면 확 엎어 버리고 은거해 버릴 심산으로.

이해한다.

어쩌면 이게 세상이 바라보는 현재의 나에 가까웠다.

그런데 말이다.

과연 그렇기만 할까?

과연 그것만이 전부일까?

이 질문이 의미하는 바는 이 양반이 품고 온 그릇으로는 감히 담을 수 없을 만큼 컸다. 손에 닿을 수 없을 만큼 높았고.

그들이 바보라서 날 대표로 선임했겠냐고 물었다.

다들 너처럼 생각할 걸 아는데도 선임했다는 게 어떤 뜻이냐고 물었다.

그 이유를 너는 짐작하겠느냐?

짊어진 멍에를 과연 네가 감당할 수 있겠느냐?

이렇게 물었다.

"설마…… 이 일의 처음과 끝에 있다는 말은…….."

"제가 다 설계한 겁니다. 기본 설계부터 앞으로 나아갈 방향성, 미래 비전까지. 대한민국 통신산업의 로드맵을 제가 만들었습니다. 이제 좀 감이 잡히십니까?"

"아, 아아······."

　제법 기다려 줬는데도 움직일 생각을 안 하자 그의 잔에 식어 버린 차를 따라 줬다.

　"자, 차라도 좀 드시고 진정하는 시간을 갖죠. 내일이 되려면 아직 시간 넉넉하니까요."

　"……."

　최순명은 군말 없이 차를 들었다.

　생각이 많아 보이는 얼굴이었는데 아까와 다른 건 절망 속에서 약간의 희망이 깃들기 시작했다는 거다.

　그렇다고 뭐 거창한 건 아니고.

　듣보잡의 철딱서니 없는 낙하산이 다크호스 정도로 격상

됐다는 거?

그러나 연구자는 연구자였다.

채 두 모금을 마시지 못하고 찻잔을 내려놓았다.

"이 일을 확신하시는 겁니까?"

"다시 말씀드리지만, 저의 증명은 국민께 하는 겁니다. 우리 존재의 이유는 되게끔만 하면 되고요."

"······정말 가능한 겁니까?"

"믿어지지 않으십니까?"

"도무지······."

"재계 순위 5위 이내 기업 둘이 총력전으로 매달립니다. 강력한 힘을 가진 정부가 온 힘을 다해 뒤를 받칩니다. 최 소장님, 한 번 돌아보십시오. 연구원으로 사시며 일생에 이런 환경을 보신 적 있으십니까?"

"······."

"······."

"······."

"······."

"······없군요."

"수많은 사람이 이 일 하나만 붙들고 매달릴 겁니다. 수천억의 예산이 집행될 겁니다. 전 국민이 지켜볼 거고요. 살며 이런 사업 보신 적 있으십니까?"

"······없습니다."

"안 되면 죽어야죠. 국민 혈세 낭비하고 무슨 낯으로 하늘을 바라보겠습니까?"

"하지만 전 이동통신에 대한 기술력이 없습니다. 이런 제가 어떻게……."

"누가 최 소장님께 그런 걸 만들어 달랬습니까?"

"네?"

깜짝 놀라는 걸 보니 지가 만들 줄 알고 왔나 보다.

이런 건 친절하게 정정해 줘야 옳다.

"통신표준은 제가 만듭니다. 최 소장님는 제가 시키는 것만 하세요."

"토, 통신표준을 대표님이 만든다고요?"

"왜, 말이 안 되는 것 같습니까?"

"그게…… 어떻게……."

"그건 차차 보시면 아시고. 자, 다시 묻겠습니다. 이 일에 목숨 바치는 대가로 무엇을 해 드릴까요?"

"……."

최순명의 동공이 심하게 흔들렸다.

다시 혼란이 온 모양이었다.

하지만 이번엔 친절하지 않을 생각이다.

그가 반드시 필요하지만, 억지로는 안 된다.

자발적 참여는 개발 시간을 당길 유일한 카드.

여기에 잔재주는 소용없었다.

"제, 제게 무엇을 원하십니까?"

"무엇을 원하냐고 물을 게 아니라 무엇을 할 수 있느냐가 관건이지요. 마지막으로 묻겠습니다. 풍파에도 흔들리지 않을 당신의 목적성을 무엇으로 살 수 있을까요?"

"원하는…… 무엇이든 들어주시겠다는 말씀이십니까?"

눈빛에 다시 경악이 들었다.

"못할 것 같습니까? 이미 연구원으로는 역대 최상의 환경임을 말씀드렸습니다만."

"아……."

이젠 얼까지 빠져 버리는 최순명이었다.

이 표정은 이성과 논리로는 도무지 읽히지 않는 상대를 만났을 때 나오는 거다.

문득 궁금해졌다.

이자가 죽을 때가 됐을 때 이 만남을 어떤 식으로 회고록에 적을지.

나란 인간에 대해 어떻게 평가할지.

모르긴 몰라도 쇼킹이라는 건 짐작 가능했다.

근데 겨우 쇼킹?

당연하게 이 정도로는 나도 만족 못 한다.

지금부터 한 줄 정도 더 얹어 볼 생각이다.

"툭 까놓고 얘기하죠. 오늘 처음 만난 우리 둘 사이에 무슨 신뢰관계가 있겠습니까? 그렇지 않습니까?"

"……네."

"쉽게 가시죠. 하나를 주고 하나를 받는 거로 말이죠. 서로 공평하게."

"공평하게……요?"

"자, 부귀를 원하십니까? 아님, 명예를 원하십니까? 또 아님, 다른 걸 원하는 게 있으십니까? 무엇이든 말씀해 보세요. 당신의 열정적 시간을 대체 무엇으로 살 수 있는지. 제가 그걸 사겠습니다. 무슨 수를 써서든요."

"……!"

확신은 있었다.

최순명에겐 어떤 갈망이 숨겨져 있음을.

기다렸지만, 그도 풍파를 겪어 낸 자라.

섣불리 꺼내지는 않았다.

대신 떨리는 순간임에도 침착함을 찾아갔고 이내 눈빛이 번뜩이는 지경에 이르렀다.

페이스를 찾아갔다.

그러고 보면 이 사람도 보통 사람이 아니었다.

"진정 원하는 걸 말하라는 겁니까?"

"네."

"그럼 대표님이 제게 원하는 건 이미 결정됐다는 거로 판단해도 되는 겁니까?"

"그렇죠."

"그렇다면 이 사업에 제가 필요하다는 건 확실히 인식하겠습니다."

"그렇게 판단하셔도 무방합니다. 그게 바로 수많은 인재 가운데서 소장님을 찍은 이유니까요."

"역시나 절 찍으셨군요. 뭐 좋습니다. 이왕지사 이렇게 된 거. 원하는 걸 말하라셨으니 말하겠습니다. 대신 반드시 들어주십시오."

"최선을 다하죠."

이렇게 나오니 나도 살짝 긴장되긴 했다.

무엇을 말할까?

무엇을 요구할까?

솔직한 내 심정은 관두겠다는 것만 아니면 무엇이든 들어주고 싶었다.

최순명은 내게 없어서는 안 될 사람이었고 앞으로도 계속 관계를 유지했으면 하는 사람이었다.

내게 꼭 필요한 사람.

원한다면 재벌 부럽지 않은 부를 줄 것이고 원한다면 한국 통신계의 아버지로 만들어 줄 수도 있다.

부귀, 영화, 명예, 업적.

무엇을 원하든 어떤 식으로든 다 들어주련다.

그게 내 마음인데…….

그러나 최순명은 내가 생각한 이상을 그리는 사람이었다.

"인공위성을 쏘고 싶습니다."

"에?!"

"대한민국 최초의 위성을 쏘고 싶습니다. 도와주십시오."

정중히 머리까지 숙인다.

"아……."

오함마로 한 대 맞은 기분이 들었다.

위성이라니

위성이라니…….

언젠간 쏠 거라 예상하긴 했는데 이 사람이 위성에 목말라 있었는지는 정말 몰랐다.

"하라는 건 무엇이든 다 할 테니 제발 위성 좀 쏘게 해 주십시오. 저는 그것이면 됩니다. 그게 바로 제 일생일대의 소원입니다."

"……인공위성이라."

고개를 팍 숙이는 최순명을 난 한참이고 쳐다보았다.

통신도 이제 겨우 이동통신에 첫발을 떼려는데 생각도 해 보지 않은 최첨단 기술집약적 산업에 진출해 달라?

대체 정신이 있는 사람인가.

그 돈은 어디에서 다 마련하고.

그러고 보니 이 사람 NASA에서 근무하였다.

"아아~ 그렇군요. 이제야 이해됩니다. 당신의 경력이 오히려 갈증을 만들었군요."

"맞습니다. 이미 수십, 수백 개의 위성이 지구 상공을 돌아다닙니다. 자기들 마음대로 우리 상공을 떠다니며 관찰하고 정보를 수집합니다. 그럼에도 우린 어쩌지 못합니다. 존재 자체를 증명할 길이 없으니까요. 장차 통신도 물론이겠지만, 통신이 아니더라도 위성은 대한민국에 꼭 필요한 사업입니다. 반드시 이룩해 내야 합니다. 도와주십시오."

그걸 누가 모르냐고.

"기술이…… 있습니까?"

"없습니다."

없구나.

"계획은요?"

"지원만 된다면 팀을 꾸려 영국에 보낼 생각입니다. 거기서 최대한 기술을 배워 올 겁니다."

"로켓은요?"

"그것도 빌려야겠지요."

"음……."

이 양반도 대책 없었다.

최대한 기술을 배워 오겠다는 건 안 가르쳐 주면 못 배운다는 소리고, 로켓도 없다는 건 만들어도 쏠 수가 없다는 얘기다. 허락해 주지 않으면 쏘지 못한다는 얘기이기도 하고.

다 남의 손을 빌려야 한다는 거다.

일본 부품을 사 와 조립하여 수출하는 한국 경제처럼 인공위성도 결국 조립이란 얘기였다.

한탄스러워야 하건만 나는 오히려 이게 훨씬 더 개운하다는 느낌이 들었다.

꼭 우리 기술과 부품으로 만들 필요가 있을까?

없으면 없는 대로 있으면 있는 대로.

현수의 왕회장님 말대로 안 되는 건 없다. 무조건 되게 만들면 된다.

"좋습니다. 이것도 결국 통신사업의 일종이 아니겠습니까? 위성 없이는 이동통신도 결국 모래 위에 집짓기일 테니까요."

"그럼……!"

"팀을 꾸리십시오. 조건은 애국심으로 똘똘 뭉친 이들만 뽑아 보내세요. 학비부터 생활비까지 전액 SD 텔레콤이 부담하겠습니다. 만일 성공한다면 그들의 미래는 제가 책임지지요."

"아아……."

"대신 최 소장님은 제게 목숨을 바쳐야 할 겁니다. 가능하시겠습니까?"

"인공위성에 그 아이들의 미래까지 책임져 주신다면 이 일이 아니더라도 제 남은 인생을 대표님께 걸겠습니다."

"생각보다 격정적인 분이시군요. 섣불리 미래까지 걸다니."

"정부도 모른 척하는 숙원 사업에 처음으로 관심을 보이신

분이십니다. 제 목숨 따위로 살 수 있다면 골백번도 더 죽어 드리지요."

"만들어 줘야 할 게 있습니다."

"무엇입니까? 말씀만 해 주십시오."

"TDX-1A를 넘어 TDX-1B로도 따를 수 없는 수용량. 수천 수백만이 동시에 신호를 보내도 처리 가능한 전전자교환기 를 만들어 주세요. 가능하시겠습니까?"

"무조건 해내겠습니다."

"계약."

천천히 손을 내밀었다.

"완료입니다."

최순명이 힘껏 내 손을 잡았다.

다음 날이 되자 난 코엑스에 마련된 프레스 센터로 비장함 을 간직하며 이동해야 했다.

일주일 전에 비서실장이 발표한 그 일 때문인데, 앞으로 대한민국 통신산업의 효시가 될 SD 텔레콤에 대한 기업 설명 회가 여기에서 열린다.

"대체 무슨 짓을 저지르신 겁니까?"

"아, 뭐……?"

"고작 일주일이었습니다. 겨우 그만큼 자리를 비웠다고 이게 무슨 해괴한 일인지. 왜 이런 자리에 도련님이 앉은 겁니까?"

병원에서 돌아온 서 실장이 기함했다.

잘 먹고 잘 쉬어 얼굴도 뽀얗게 돼서는 오자마자 이렇게 잔소리다.

"그럼 어떻게 해…… 대통령이 딱 찍어 정했는데."

"어휴~ 그래도 제게 언질은 해 주셨어야지요."

"병원에 있었잖아. 누가 병원 가래? 그동안 연락도 한 번 안 하고."

"그건……."

"아, 됐고. 이제 곧 회견 시작하니까, 정신 사납게 굴지 말고 좀 얌전히 있어. 서 실장은 회견 중에 내가 실수하길 바라? 막 버벅대다가 개망신당하고 대통령이 분노하고 삼촌과 최 회장이 멱살 잡으러 오는 꼴 보고 싶어?"

"그런…… 아닙니다."

"그럼 저기 가서 조용히 앉아 있어. 여어~ 하 비서."

"넵."

"저기 서 실장의 접근을 막도록."

"후훗, 염려 마십시오. 거뜬히 막아 보이겠습니다."

"오오, 이거 되게 든든한데."

"에휴, 알겠습니다. 조용히 앉아 있지요. 제가 지금 이런들 달라질 게 없으니까요."

말마따나 지금 언론은 가을 독사처럼 독이 잔뜩 올라 있었다.

일주일간 개지랄을 떨어 선영과 대양까진 밝혀냈는데.

그 둘이 합작한 회사명이 SD 텔레콤인 것까지도 파헤쳤는데.

정작 중요한 대표를 모른다.

얼마나 꽁꽁 베일에 싸여 있는지 내정된 간부급들도 대표에 대해 모른다.

미치고 팔딱 뛸 일이었다.

이럴 때 누가 특종이라며 SD 텔레콤 대표를 인터뷰라도 한다면 올해 기자상은 당연지사 거기 차지가 될 것이다.

그러니까 오늘 기자회견은 나를 잡으려고 기자부터 기업인, 정치인들까지 죄다 모인 자리였다.

잘못하다간 영혼까지 탈탈 털려 안드로메다로 날아갈지도 모를 자리.

"안드로메다로 가든 딱 뿌리박고 서든 결국 내 하기 나름인데."

어떻게 보면 사실 특별한 것도 없었다.

본디 이 바닥이 이랬다.

욕할 것도 없고 겁먹을 것도 없다.

어차피 대충 윤곽이 나왔어도 대표에 따라 공세 향방이

결정되는데 굳이 내가 먼저 이럴 필요는 없었다. 없었는데.

"에휴~ 그래도 떨리긴 하네. 내가 모습을 보이는 순간 어떤 일이 벌어질까."

정말 한숨밖에 나오지 않았다.

똑똑똑.

얼마나 지났을까, 최순명이 날 부르러 왔다.

"들어가실 시간입니다."

"그런가요?"

어제 이후부터 교통정리가 끝난 건지 최순명은 나에게 깍듯하다.

걸음도 내 앞으로 걷지 않고 시선이 머무는 곳에서 몸을 단정이 한다.

확실히 태도가 좋았다.

그를 대동한 나는 경호원으로 이중삼중 둘러싸인 문에 대기했는데 마침 안에 있던 사회자가 이런 멘트를 던졌다. '자, 지금부터 SD 텔레콤의 모든 것을 책임지실 오대길 대표를 모시겠습니다. 큰 박수를 부탁드립니다.'

여기가 결혼식장인지 레크레이션 파티인지 해괴한 신호긴 했으나 문은 열렸고 나는 안으로 들어갔다.

순간 온갖 후레쉬가 터져 나왔는데 또 금세 멈추고 적막이 흐른다.

또 얼마 있다 자기들끼리 웅성웅성해 대기까지.

무슨 의미인지 듣지 않아도 알겠다.

대표를 모셨는데 애가 나오니 어리둥절한 거다.

그리고 그 애가 대표 자리에 털썩 앉으니 이 일을 어떻게 판단해야 할지 모르는 거다.

쐐기를 박아 줬다.

"안녕하십니까? SD 텔레콤 대표를 맡은 오대길이라 합니다. 반갑습니다."

"……."

"……."

"……."

"……."

"……."

"……."

"……."

"……."

우와~

이백 명이 넘는 인원이 입을 떡 벌린다.

싸늘~하다.

이 적막, 이 분위기 어찌하면 좋을까.

"다들 놀라는 표정이시군요. 왜 그러시죠? 제가 오대길인 게 이상하십니까? 아님, 제가 대표인 게 이상하십니까? 뭐 어쨌든 잘못 나온 건 아닙니다. 제가 바로 SD 텔레콤의 대표이

사 오대길입니다. 만나서 반갑습니다."

"아아……."

"어어……."

"……진짜라고?"

"나보다도 어려 보이는데."

그때 누군가가 손을 번쩍 들었다.

고갯짓하니.

"나, 나이가 어떻게 되십니까?"

"올해 스물입니다."

대답해 줬다.

"예?!"

"나 지금 뭘 들었냐?"

"스……무 살?"

"마, 말도 안 돼."

"스무 살이 어떻게."

"어떻게 이런 일이……."

"정말 대표라고?"

"저렇게 어린데 대표라고?"

"몇 살이라고?"

"스무 살이래잖아."

"스무 살? 내가 아는 그 스무 살?"

"응, 그 스무 살."

"……"

"……"

"……"

"……"

"……"

"……"

"이거 장난하나."

"지금 장난하는 것 같은데."

"대가리에 핏대기도 안 마른……."

"쉿, 그 말은 삼가라. 여기 공식 회견장이야."

"뭐가 위험한데?! 내가 지랄 떠는 게 위험해? 아님, 스무 살 짜리한테 국책사업 맡기는 게 더 위험해?"

"일단 기다려 봐. 뭔 얘긴지 발표할 거라잖아."

"진짜 나라가 미쳐 돌아가는 건가. 대통령이 찐따라는 소리가 있더니 정말이야?"

다 들린다. 쉐리들아.

벌써부터 이놈 저놈 밖으로 튀어 나가기 바빴다. 아마도 전화하러 가는 거겠지. 대통령이 선영이 대양이 미쳐서 스무 살짜리를 대표로 앉혔다고.

언론, 기업, 정치 힘 좀 쓴다는 계통이란 계통으로 모두 들어갈 것이다.

그때부터 승냥이처럼 달려들겠지.

이제부터 시작이었다.

나도 이 악물고 아랫배에 힘을 딱 주었다.

이 오대길이가 세상에 내딛는 첫발이다.

그리 만만치 않음을 보여 주겠다.

"자자, 지금부터 SD 텔레콤에 대한 설명회를 시작하겠습니다. 최 소장님."

"네."

"부탁드리겠습니다."

살짝 눈인사한 그가 일어나자 조명이 꺼지고 빔프로젝트가 벽을 쐈다. 거기엔 SD 텔레콤 로고가 박혀 있었다.

"안녕하십니까? 전 한국전자통신연구소 소장을 역임하고 현재는 SD 텔레콤 통신연구소장으로 자리를 옮기게 된 최순명입니다. 반갑습니다."

"……"

"……"

대답이 없다.

대답 없어도 최순명은 기계처럼 진행시켰다.

"미리 나눠 드린 유인물을 보시면 아시겠지만, SD 텔레콤은 국민연금 40%, 선영 기업 30%, 대양 기업 30%로 발족된 컨소시엄 기업입니다. 참고로 앞서 발표된 국민주로 할당된 20%는 차후 국민연금에서 일괄 처리하기로 했으니 오해 없으시면 좋겠습니다. 자, 시작하겠습니다."

최순명이 빔프로젝트를 작동시켰다.

철컥 넘어가며 사업 개요가 나타났다.

장장 3개월을 끌어온 대장정이 마침내 첫 삽을 뜬 거다.

설렘 사이로 담백한 최순명의 목소리가 장내에 울려 퍼졌다. 사업 개요가 지나갔고 현황이 흘러갔다. 플로가 나타났다가 예산이 들어가고 향후 비전이 제시됐다.

최순명은 당부의 말씀도 잊지 않았는데.

유럽이 현재 자신들만의 통신표준을 만들고 미국도 그에 대한 대항움직임이 일고 이런 가운데에서 SD 텔레콤이 설립됐다. 모든 게 부족하지만, 우리 힘으로 일어섰고 우리 기술로 전심을 다해 성공시킬 거라 다짐했다. 그러니 현재로만 판단하지 말라고. 차후 우리의 미래를 그릴 때 좋은 표본이 될 거라고. 의심치 말라고 부탁했다.

그러나.

기자들은 분노했고 기업들은 싸늘했으며 정치인들은 비웃었다.

그들의 눈은 모두 내게로 향했다.

넌 대체 누구냐고.

곧바로 이어질 질의·응답 시간은 내게 일생일대의 가장 큰 시련일 거라 감히 예측해 봤다.

"대한경제입니다. 다들 저와 비슷한 생각일 거라 판단되는데, 기자로서 할 질문은 아니지만 저는 이상하게도 SD 텔레콤의 사업상보다 대표님의 나이가 더 궁금합니다. 정말 20세 맞으십니까?"

"영학고 48회 오대길 맞습니다. 작년까지 고등학생이었습니다."

"영학고래. 허어……."

"정말 스무 살인가 봐. 이벤트가 아니라."

"어떻게 스무 살짜리가……."

장내가 소란스러워지자 사회자가 나서서 너희들 그럴 시간 없다고 알려 줬다.

"회견 시간은 1시간 예정입니다. 발표로 30분 지났고요. 이제 30분 남았습니다. 집중해 주십시오."

그제야 뜨악한 얼굴들이 됐다.

SD 텔레콤 대표가 스무 살인 것까지 밝혔는데 이러고 있다가 아무것도 못 건져 가면 그것 또한 이들에게 뜨악할 일이었다.

한 사람이 벌떡 일어났다.

"서울일보입니다. 오대길 대표께서는 지금 올해 졸업하셨다고 하셨는데 이 사실을 선영과 대양의 총수께서도 아시는 겁니까?"

뻔하지만 괜한 질문은 아니었다.

그들이 모르고 나를 이 자리에 앉히지 않았다는 걸 알면서도 굳이 꺼냈다는 건 내 입을 통해 사실을 확고히 하려는 거였다. 마치 범죄자에게 시인받듯이.

원하는 대로 해 줬다.

"선영, 대양의 총수께서도 아시고 물론 대통령님도 아십니다."

웅성웅성한다.

믿어지지 않은 일을 확인받은 것처럼 그들은 어이없어했다.

온통 기분 나쁜 시선들만 가득한 장내.

뭐라도 속 시원한 일이 터졌으면 좋겠으련만 또 섣불리 덤비는 짓은 하지 않는다.

대통령까지 나온 마당에 이 일을 잘못 건드렸다간 무슨 일이 벌어질지 모른다는 걸 신중에 신중을 기해야 한다는 걸 기자들은 본능적으로 알았다.

그러나 열외는 늘 있었다.

또 한 기자가 손을 들었다. 왠지 불량한 느낌이 드는 이였다.

"고려일보입니다."

"말씀하세요."

"이거 당혹스럽군요. 정부가 계획하는 야심 찬 사업에 이토록 검증도 되지 않은 인사를 선임한다는…….."

역시나 말하는 투부터 시비조였다.

이런 건 초장부터 끊어 주는 게 진리.

"무엇이 당혹스럽다는 거죠?"

"그야…… 저만 모릅니까? 여기 있는 모두가 당혹스러워하는 거 안 보이십니까? 아니, 정말 몰라 저에게 묻는 겁니까?"

모두를 끌어들여 정당화하면서도 또 나를 자극하려는 술책 같았다.

무엇을 얻으려고 저럴까.

웃어 줬다.

"몰라서 묻는 거죠. 제가 이 자리에 있는 게 당신이 어이없어 하는 것과 무슨 관계가 있을까요? 그리고 진정 당신이 여기에 있는 모두를 대변한다고 보십니까? 이 중요한 시간에 넋두리나 하고 있을 정도로요?"

"제가 언제 넋두리를 했다 하십니까?"

"기자로서 소양이 전혀 없으신 분이시군요. 지금은 사업에 관한 질의·응답시간입니다. 개인적 잡담은 금물이고요. 이 이상 사업과 관련 없는 언행으로 회견을 방해하신다면 그에 따른 조처를 할 거니 조심하십시오."

"이거 협박입니까? 단지 몇 마디 했다고 언론의 입을 막아버리려는군요. 결국 이 사업도 정부와 몇몇 기업의 독단으로……."

너무 부드럽게 대했나 보다.

하늘 높은 줄 모르고 따져 드는 모양새가 아무래도 확실한 경고가 필요한 것 같았다.

"사업 관련 질문을 부탁드렸더니 자꾸 감성팔이만 하시네요. 좋습니다. 우선 이것부터 시작하죠. 앞으로 SD 텔레콤에 관련해서는 고려일보의 인터뷰는 절대 사절입니다. 다음 분으로 넘겨주시죠."

"아, 아니, 이런 게 어딨습니까?! 지금 국민의 알 권리를 무시하는 겁니까?! 국민의 혈세로 시작한 사업을 알겠다는 언로의 길을 이런 식으로 막아…….."

소리까지 질렀다.

하지만 나는 일절 상대하지 않았다.

이런 자들은 상대할수록 좋아하기에 화풀이해도 남는 건 결국 내 상처뿐이다.

무표정으로 나의 묵묵부답은 계속되었고 장내는 소란스러울 지경까지 갔다. 그럼에도 그를 말리거나 움직이는 자가 없었다. 이들도 지켜보는 거였다.

아니면 길들이기일 수도 있고.

나는 보는 앞에서 조용히 손목시계를 검지로 톡톡 쳐 줬다.

이제 20분 남았다.

이 20분이 지나면 이 일에 대한 책임은 너희가 져야 한다.

그제야 좌중들도 일이 잘못되고 있음을 깨달았다.

"야! 고려! 그만해."

"너 때문에 시간만 가고 있잖아."

"어서 내보내세요. 지금 혼자서 5분이나 잡아먹었어요."

"어이, 거기 지금 뭐 하는 거야?! 회견장에서."

"이게 고려만을 위한 자리야?! 마이크 뺏어!"

고려일보 기자가 방자함을 넘어 패악질해도 괜찮았던 원동력은 다름 아닌 기자라는 타이틀 때문이었다.

고작 150명 정도 되는 기자가 그의 뒷배라는 소리.

그렇지만 나 혼자선 모두를 상대할 수 없다는 것도 잘 알고 파고든 거였다.

나도 잘 알았다.

그러니 상대할 방법도 잘 알았고.

어차피 정보를 쥔 건 나.

말마따나 몇몇 언론사랑만 손잡고 정보 통제에 들어가면 지들이 어쩔 텐가.

'한두 놈 정도 더 걸렸으면 좋겠는데. 이 정도로 마무리할까?'

기자들끼리의 동료의식?

웃기는 얘기다.

특종 앞에 물불 안 가리는 애들끼리 무슨 놈의 동료의식일까.

자기 이익에 따라 이리 붙고 저리 붙고 하는 놈들의 행동심리는 수없이 겪었다. 앞으로 고려일보는 나에게 조심해야 될 큰 이유가 될 것이고 좋은 본보기로서 다른 언론사들에 표본으로 남을 것이다.

결국 그는 마이크를 뺏기고 진행요원에 의해 밖으로 쫓겨나야 했다.

"다시 고지드리지만, 사업 외 다른 질문. 예를 들어 인신공격이나 음모론 따위로 일의 본질을 흐리시는 분들과 그 언론사에는 일절 어떤 정보도 드리지 않을 것을 약속드립니다. 바쁜 시간 쪼개서 오셨는데 받아 갈 건 제대로 받아 가셔야죠. 자, 이제 15분 남았군요. 속행할까요?"

"매일이코노믹입니다."

"말씀하십시오."

"사업 계획서를 보다 보면 기간망 설치를 선영과 대양이 하기로 돼 있는 것 같은데, 이게 맞습니다."

이제야 조금 근접하는 질문이 나온다.

"네, 맞습니다. 현재 서울과 5대 직할시에만 간헐적으로 분포된 기지국을 전국적으로 늘려 원하는 국민이라면 모두 사용할 수 있는 서비스를 만들려고 합니다."

"그럼 여기에 적힌 8천억의 예산이 정말 기업에서 다 나온 다는 말씀이십니까?"

"기간망 사업만 8천억이죠. 선로 개설이나 기술 개발 등 다른 것까지 합하면 1조 2천억이 넘는 돈이 이 사업에 투자 됩니다. 정부는 행정과 모태되는 기업을 제공함으로써 서포 트로 남게 되고요. 추후에도 경영 일선에는 끼어들지 않은 주주로서의 활동만 하게 되겠죠. 즉 SD 텔레콤은 정부 투자 가 아닌 정부출자기업이라 보시는 게 합당하겠습니다. SD 텔레콤은 민간독립 회사입니다."

"……그렇다면 원론적으로 들어가서 군이 기업이 끼어들 필요가 없는 거로 보이는데요."

"그게 무슨 말씀이시죠?"

무슨 소린가 했다.

"몇 년 전부터 통신에 관한 한 이미 광역 개발 사업이 진행되고 있음을 알고 있습니다. 그에 대한 예산 편성도 마쳤고요. 굳이 이렇게 기업이 엄청난 자본을 들여가며 큰 사업을 일으킬 이유가 있는지 의문스럽습니다. 다른 곳에 투자해도 바쁠 시기에요."

잘되는 사업을 굳이 민영화까지 하는 이유를 묻는 거였다.

아까운 세금 들여 키운 회사를 왜 남에게 넘기냐는 거다.

"기자님은 지금 본질을 놓치고 계시는군요."

"네?"

벽돌 전화기를 꺼내 들었다.

"이걸 보십시오. 이 사업은 겨우 삐삐나 만지려고 덤비는 게 아닙니다. 댁에 가서야 있는 집전화를, 공중전화기를, 이렇게 굳이 찾아가야 누릴 수 있는 통화서비스를 밖으로 들고 나오기 위해서입니다. 진짜 본질이 뭐냐고요? 바로 온 세계가 주목하는 사업으로 하루빨리 진출하기 위해섭니다. 뜻있는 민관이 엄청난 자본과 시간, 인력 투입을 감수하면서 진행한 사업이라는 거죠. 다시 말씀드리지만, 통신은 시대의 거대한 흐름입니다. 더 이상 '왜?'라는 질문으로 눈을 가리고 묶어두지 마십시오. 유럽과 미국이 몇 년 전부터 여기에 매달리고 있습니다. 국민이 개인 전화기를 들고 전국 방방곡곡 어디에서나 통화하고 싶으면 통화하는 나라를 건설하려고 우리뿐만 아니라 다른 나라도 막대한 자본을 쏟아붓고 있다는 겁니다."

"장황하게 설명하셨으나 카폰 같은 것도 개발되었고 이미 큰 효용성이 없는 게 증명됐습니다. 정말 전 국민이 전화기를 들고 다닐 거라 확신하십니까?"

시장성도 못 읽는다.

화가 났지만 조금은 친절해질 시점이었다.

"지금도 보십시오. 저를 보자마자 어디론가 전화하고픈 사람이 많은데 순서 기다리느라 때를 놓친 분들이 많으셨죠. 휴대용 전화기는 이런 사업입니다. 용건이 생기면 산속에서도 전화하고 해수욕장에서도 전화가 가능해지겠죠. 병원은 어떻겠습니까? 경찰은 어떻겠습니까? 바빠 죽겠는데 언제 호출하고 언제 공중전화 찾아 뛰어다닙니까? 만들면 무조건 사게 돼 있습니다. 이걸 아니까 미국이나 유럽도 쏟아붓는 거겠죠."

"그거야 그때 가 봐야 아는 거 아니겠습니까?"

"그때 가면 늦겠죠. 기자님의 알량한 예측으로 여기에 매달린 사람들의 수준을 의심하지 마십시오. 조금만 인식이 있다면 안 봐도 예상 가능합니다. 아직도 모르시겠습니까? 저기 뒤에 기업 관계자분들이 왜 여기에 몰려왔는지. 하나같이 안달 내며 어떻게든 끼어들어 보려는 이유가 어디에 있겠습니까? 단언컨대 통신시장의 가능성을 의심하는 기업은 아무도 없을 겁니다. 다만 저분들이 가만히 있는 건 왜 선영과 대양이어야만 하는지와 기술 개발이라는 거대한 문턱에 막혀 이것도 저것도 못 할 뿐인 거죠."

"그 말씀은 기술 개발까지 완료됐다는 말씀이십니까?"

답답한 인간이었다.

모르면 가만히나 있지.

인생이 말꼬리 잡는 데만 특화된 모양이다.

"기술 개발이 완료되었다면 이런 식의 회견도 없었을 겁니다. 물론 기자님 같은 경우는 설명해 줘도 모르겠지요. 시장성조차 감을 못 잡는데 말이죠. 하나 조언드리자면 젊은이들이 삐삐에 열광하는 이유를 잘 살펴보십시오. 모르긴 몰라도 삐삐도 몇 년 안에 천만의 시대가 열릴 겁니다."

"천만이요?"

"뭘 그것 가지고 놀라십니까? 삐삐도 천만인데 하물며 휴대용 전화기라면 어떻겠습니까? 이렇듯 국가의 비전은 허황된 것에서 출발하는 게 아닙니다. 항상 근거를 둬야 하겠죠. 오늘처럼 말이죠. 자, 다음 분 해 주세요."

이번엔 흰머리가 지긋한 기자가 하나 일어났다.

"월간 경제입니다."

"말씀하십시오."

"네, 방금 전 국민이 휴대용 전화기를 들고 다닐 거라 말씀하셨는데 생각만 해도 가슴이 뛰는군요."

"네."

"다만 현재 한국의 무선통신 기술이 거기까지 발전하지 않은 거로 알고 있는데 아까 흘러 지나간 터라 다시 질문하겠습니다. 혹 기술이 개발됐습니까?"

"아직은 아닙니다."

"아니다라…… 이거 큰 문제로군요. 알아보니 유럽에서는 거의 성공 단계라고 하던데. 명칭도 GSM이라 부르며 엄청난 자본과 인력을 투입해 완성해 가는 중이라 하더군요. 그들도 수년에 걸쳐 이뤄 낸 것 같은데 후발주자인 우리가 단지 2년 만에 이들을 추격할 수 있겠습니까?"

이번엔 한국산 기술력에 대한 근본적인 의문 같았다.

"좋은 질문입니다. 두괄식으로 말씀드리면 가능하다 봅니다. 혹 그렇지 않더라도 아무것도 하지 않다가 나라의 통신 백년대계를 남의 손에 맡길 수는 없는 노릇이고요. 적어도 대한민국은 지금 멍하니 있는 나라보다 수백 배는 발전된 환경에서 생활할 수 있을 겁니다."

"그 말씀은 GSM보다 더 좋은 환경을 만들 수 있다는 말씀 같은데요. 제가 잘 들은 겁니까?"

"맞으면서도 아닙니다. 이 자리는 유럽의 기술인 GSM을 폄훼하거나 단지 우리 것만 좋다는 민족주의적 시각을 설득하러 만든 자리가 아닙니다. 제가 생각하기로 현존하는 통신 방식 가운데 GSM이 가장 발전된 형태인 건 맞고요. 이대로 둔다면 아마도 거의 모든 국가가 GSM을 선택할 확률도 있습니다."

"GSM에 대해 잘 아시는 것 같은데 모두를 위해 설명해 주실 수 있겠습니까?"

"물론입니다. 원리는 간단합니다. 이동통신은 모두 무선전파를 이용한다는 데서 기본을 두고 있는데요. 우리가 흔히 쓰는 라디오와 비슷하다고 보시면 편합니다. 물론 훨씬 복잡하고 고도의 체계가 필요하긴 하나 이것도 또한 주파수를 이용한다는 데서 크게 다를 게 없습니다."

"휴대용 전화기가 라디오와 비슷하다는 말씀이신 거죠?"

"맞습니다. 다만 문제는 이걸 개별 전화기로 옮겨 왔을 때인데요. 방송국에서 일괄적으로 쏘는 단방향으로는 통화 자체가 안 된다는 거죠. 실시간으로 상호 커뮤니케이션이 가능해야 하고 수많은 객체가 한꺼번에 사용해도 모두 수용 가능해야 한다는 조건이 있습니다. 한마디로 라디오 방송국이 수백 수천만으로 늘어난다는 거죠. 큼큼, 죄송합니다. 물 좀 마시겠습니다."

갑자기 목이 갈라져 물을 한 모금 들이켜고 다시 이었다.

"사실 이 사업의 가장 큰 숙제가 바로 이것입니다. 라디오처럼 주파수를 사용하긴 한데 주파수대역이 무한하지 않습니다. 그리고 사용자는 반드시 일정 이상의 주파수를 선점해야 통화가 가능해집니다. 즉 사람은 많고 활용 가능한 주파수는 적다. 이 점을 해결하지 않으면 이동전화 사업 자체가 성립되지 않는 거죠. 이에 유럽은 고심하게 됩니다. 방법이 필요한 거죠. 한 사람에게 너무 넓은 주파수 폭을 주면 통화대기만 1시간씩 걸릴 수도 있으니 불가. 그렇다면 주파수 자체를 쪼개면 어떨까? 대역폭 내 쓰지 않는 주파수 구역을 찾아일일이 넣어 주는 방식이라면 좀 더 낫지 않을까? 아님, 시간자체를 비틀어 버리는 건 어떨까? 동일한 시간임에도 시간자체를 배정하면 조금 더 수용량을 넓힐 수 있지 않을까? 여러 질문을 던지고 그에 대한 해답을 찾아갑니다. 이게 지금현재까지 그들이 이룬 업적입니다."

"……."

"……."

"하지만 제 생각엔 결국 이 두 개를 합치게 될 겁니다. GSM은 앞서 든 주파수 분할과 시간 분할의 장점을 합치게될 거며 사실 이것만 해도 세계 최고이자 최상의 통신서비스를 제공할 수 있을 겁니다."

"GSM이 현존 최고의 통신방식이라면 우리가 개발한다고해도 그것보다 더 낫다는 보장이 없지 않습니까? 유인물에보면 개발 성공 후 해외에도 수출하겠다고 나와 있는데요."

"맞습니다. 보장은 없습니다. 제가 아무리 머리가 좋아도수십, 수백 명과 대결할 수 없는 이치와 같으니까요. GSM은범용성에서는 그야말로 세계 최고입니다. 대단한 거죠. 유럽인들이라는 기술력은 누가 뭐래도 당대 최고입니다."

"……."

내가 너무 쉽게 인정했는지 기자가 잠시 말을 났다. 꼭 반론을 위한 반론을 준비하고 있다가 허를 찔린 것처럼.

우스웠다.

대한민국 기자들의 역량이 겨우 이 정도였던가.

잠시 엉기길래 허를 찌르는 날카로운 질문을 기대하고 있었는데 이놈도 아닌 것 같았다.

시간도 다 되어 가고 빨리 다른 사람으로 넘기려 했다.

이대로 끝내고 몇몇 언론사를 불러다 자세한 내용을 알려주려 했는데 그가 다시 나섰다.

"마지막으로 하나만 질문해도 되겠습니까?"

"하십시오."

"유인물을 보면 SD 텔레콤은 한국형 이동통신의 개발과 배포에 그 의의를 둔다고 했습니다. 백 보 양보하여 2년 안에 개발도 완료하고 기간망 건설도 끝낸다고 치고…… 정말 세계에 먹히겠습니까? 변변한 기술력도 없어 싸구려로 통하는 made in KOREA가요. 정말 그 GSM을 넘을 수 있겠습니까?"

나름 어떤 의도인지는 알겠으나 틀려먹었다.

방금의 질문은 자칫 기자생명에 흠을 줄 수 있는 치명적인 질문이었다.

질문을 위한 질문.

별 거창하지도 않은 질문을 위해 국산을 폄훼하는 선까지 넘어 버리고.

그러고도 자기가 무슨 짓을 한지도 모르는 모양이다.

등신.

비웃어 줬다.

"하하하하하, 그럴 자신도 없이 이 사업에 뛰어들었겠습니까? SD 텔레콤이 개발할 통신표준은 분명 한국을 넘어 세계 속에 우뚝 서게 겁니다. 올림픽 이상으로요. 제가 그렇게 만들 테니까 말입니다."

Chapter 16. NASA가 아니고요?

내 발언에 사람들이 웅성댔다.

뭔가 헷갈린지 고개를 갸웃대는데, 머리 흰 기자도 깜짝 놀라 다시 질문했다.

"그 말씀은 그걸 대표님이 직접 개발한다는 말씀이십니까? GSM과 같은 통신방식을요?"

"네? 아…… 그 말이 왜 제가 개발자란 의미와 동일하다는 거죠?"

"방금 그렇게 만든다고 하지 않으셨…… 아!"

"저는 SD 텔레콤의 대표이사입니다. 억측은 삼가 주시지요."

"……."

"……."

"……."

"……."

갑자기 조용해졌다.

롤러코스터도 아니고 어이없음을 넘어 분노로 치솟던 감정들이 갑자기 실망감에 추락하는 건 어이해서일까.

기대에 부응하지 못했나?

그냥 차라리 내가 개발한다고 할 걸 그랬나?

갑자기 콜럼버스의 달걀이 생각나는 건 그도 이런 심정이라서였을까?

고달프다.

선구자는 무조건 시달린다더니.

비로소 나도 전에 대통령한테 했던 말을 다시 꺼내야 할 필요성을 느꼈다.

대통령이 앞에 있듯 서둘러 스튜디어스급 친절템을 인벤토리에서 꺼내 먹었다.

"쉽게 가겠습니다. 지난 일주일 동안 한국형 통신망 개발에 대해 수많은 이야기가 오간 걸 잘 알고 있습니다. 예산 낭비부터 애초 우리는 안 된다는 불능론까지. 별의별 얘기가 다 오가더군요. ……묻고 싶었습니다. 여러분은 정말 한국형 통신망 개발을 쓸데없는 짓이라 여기는 겁니까? 아님,

자기가 포함되지 않아 어깃장을 놓는 겁니까? 무릇 정당한 언론이라면 허실을 파헤쳐 국민께 알려야 함이 맞지 않겠습니까? 어째서 허도 아니고 상식적으로도 말이 안 되는 이상한 논리로만 접근하시는지 모르겠습니다. 진정 여러분은 대한민국이 자기 것을 가지면 안 된다고 생각하시는 겁니까?"

"……."

"……."

대답은 나오지 않았다.

말 한마디 잘못했다간 매국노로 찍힐 민감한 사안이라 그런 거다.

이렇게 자기 몸 아끼느라 정신없는 것들이 똘똘 뭉쳐서 까불고.

분노를 억누르고 남은 친절템을 다시 복용하였다.

"여러분 마약 아시죠?"

"마약이요?"

모두가 갑자기 무슨 소리냐는 표정이었다.

"통신도 마약과 같습니다. 한번 시작하면 돌이킬 수 없는 것. 통신망도 한번 결정되면 별일이 없는 한 지속성을 갖습니다. 통신의 영속성이죠. 자, 우리 주제에 무슨 개발이냐. 그냥 GSM을 쓰자고요? 물론 지금 당장엔 GSM이 좋아 보일지도 모릅니다. 유럽 좋잖아요. 기술력도 뛰어나고 신뢰성도 있고.

근데 말이죠. 일단 통신망이 그들의 손에 들어가는 순간 어떻게 될지 상상해 보셨습니까? 우르과이라운드 아시죠? 농민들이 왜 결사코 반대하는지."

"……."

"……."

"처음엔 잘해 줄 겁니다. 온갖 특혜를 덕지덕지 붙여서 만족스럽게 하겠죠. 그러다 시간이 지날수록 서비스 개발이니 기술 개발이니 유지보수니 뭐니 하며 슬금슬금 요금을 올릴 겁니다. 만 원 하던 게 어느새 이만 원이 돼 있고 또 돌아보니 오만 원이 돼 있습니다. 특혜로 퍼부은 걸 다시 뽑아 가는 겁니다. 뭐 세금은 내겠지만, 자동차 팔아서 TV 팔아서 가져온 막대한 외화가 소리 소문 없이 빠져나가겠죠. 그런데도 손 못 댑니다. 다른 대안이 없으니까요. 만들면 되는데 왜 안 되냐고요? 웃기는 얘기죠. 유럽이 바보입니까? 그에 관련된 특허 수천 개를 뿌려 비슷한 식이라면 아예 누구도 접근 못 하게 막을 게 뻔한데요."

"……."

"……."

"걔들은 애초 이걸 개발한 목적을 유럽통합에 두고 있습니다. 유럽 전역을 하나의 시장으로 만드는 구상이죠. 생각해 보십시오. 유럽통합이라. 엄청난 시장이 보이지 않습니까? 이것도 간단한 이치입니다. 르네상스 이후 세계 문명을 주도

250 재벌가
막내아들
살아남기 2

하던 곳. 세계의 주도권을 다시 유럽으로 가져오는 거죠. 과거 영광의 재현. 그러려면 한 가지 조건이 붙습니다. 바로 통합이죠. 그리고 막대한 자본이 필요하고요."

"……."

"……."

"맞습니다. 지금 없는 돈이 갑자기 생길 리 만무. 그렇기에 그들은 초반 어떤 손해를 감수해서든지 한국 시장은 물론 아시아 시장을 가져가려 할 겁니다. 이제 세계에 남은 시장이라 봤자 없거든요. 아시아밖에. 아시아 돈을 끌어다 자기들 영광을 재현한다. 이거 꼭 어디에서 본 것 같지 않습니까? 대항해시대도 아니고."

"……."

"……."

"솔직히 말해 그들이 개발하는 방향성은 다시 봐도 훌륭합니다. 인정할 건 인정하고요. 근데 말입니다. 거기엔 그들에겐 돼도 우리로선 도저히 용납할 수 없는 치명적인 약점이 있어요. 그게 뭔지 아십니까?"

"……."

"……."

"역시 아무도 대답이 없으시군요. 아무도 몰라요. 모르면서 말은 많고요."

다른 말을 할 필요도 없이 북쪽을 가리켰다.

사람들이 어리둥절하여 내가 가리킨 방향을 보았다.

아무리 봐도 벽이랑 플래카드밖에 없는데…….

그러다 저 멀리서 기자 한 명이 마음의 소리를 내뱉었다.

"설마…… 북한?"

그 소리는 일파만파로 퍼져 기자들을 경악시켰다.

그들이 다급히 눈으로 물었다.

정말 북한을 의미하냐고.

고개를 끄덕여 줬다.

"맞습니다. 바로 북한이죠. GSM의 특성은 범용성에 있죠. 이 나라 저 나라 옮겨 다녀도 마음대로 쓸 수 있는 편리성 말입니다. 유럽에선 참 좋죠. 산지도 없고 경제권도 거의 일치합니다. 도로 몇 개만 갈아타도 다른 나라로 갈 수 있죠. 그러니까요. 그러니까 아무나 끌어다 써도 되게끔 만든다는 거죠. 생각해 보십시오. 우리가 죽을 둥 살 둥 만들어 놓은 기간망에 GSM을 얹히는 순간 무슨 일이 벌어지겠습니까? 전파가 무슨 국경을 지킨답니까? 북한이 한 다리 걸쳐도 GSM은 막을 방법이 없다는 겁니다."

물론 여기에 대해서도 논란이 많을 테지만.

씨바, 아무렴.

지금 이 자리에서 거기까지 간 사람이 있을까.

더구나 상대는 북한이었다.

"아……."

"세상에……."

"GSM에 그런 약점이……."

기자들이 일순 주저앉았다.

세상이 많이 좋아졌다고 해도 반공은 아직 시대의 주류였다.

이걸 부정하면 빨갱이가 되고 빨갱이는 대한민국에서 자리 잡을 곳이 없었다.

명절만 되면 성룡 영화와 함께 아직도 〈돌아오지 않는 해병〉 같은 반공영화가 설치는 판이었다.

여기서 북한이 사용해도 모르는 통신망을 기획해?

자살하는 방법도 가지가지다.

"북한은 둘째 치고 일본은요? 중국은요? 여러분은 그들이 언제든지 우리 통신망에 접속해도 된다는 겁니까?"

"……."

"……."

"안 되겠죠? 이제 이해하십니까? 우리에게 한국형 통신망이 필요하다는 이유를요?"

"……."

"……."

쥐 잡아먹은 듯 모두 입을 열지 않았다.

난 이로써 한국형 통신망 개발 명분이, SD 텔레콤의 존재 이유가 확고히 됐음을 느꼈다.

내가 이겼고 저들은 졌다.

이제 남은 건 왜 나여야 하는 건데.

왜 선영과 대양이냐는 건데.

그것도 차차 풀어 가면 될 테고.

이제 쐐기를 박을 때였다.

"그리고 GSM이 현존 최고라고는 하나 방식 자체에 문제점이 아예 없는 것도 아닙니다. 아날로그에 비해 수용량이 5배나 된다고 해도 인구수에 비하면 아직 멀었고요. 주파수를 마구 남용하다 보니 통화 품질도 좋지 않습니다. 설치해야 할 기지국 수도 엄청 많고요. 이게 다 서비스 질 문제고 비용 문제 아닙니까?"

"……."

"……."

"저에 대해 의문이 많은 것도 잘 알고 있습니다. 계속 밝히겠지만, SD 텔레콤에 대한 저의 모든 노력은 국가와 민족을 위한 충정임을 이 자리를 빌어서 말씀드리고 싶습니다. 저는 이 일로 인해 저에게 가장 중요한 시기를 국가에 헌납했습니다. 엄청난 우려와 질타가 예상됨에도 묵묵히 앞으로 나왔습니다. 퇴임 시까지 월 급여를 만 원으로 동결시켰습니다. 제가 뭘 더 희생하길 바라십니까?"

"……."

"……."

"부디 모쪼록 대한민국이 통신 강국이 될 수 있도록 힘을 합쳐 주시기 바랍니다. 응원해 주십시오. 지금도 인생을 바쳐 헌신하는 이들로 인해 우리 대한민국은 조금씩 앞으로 가고 있으니까요. 그들의 노고를 세상에 좀 알려 주십시오."

벌떡 일어났다.

마무리였다.

"내년까지 SD 텔레콤의 가장 큰 목표는 전국망 기지국 건설이며 더욱이 삐삐의 활성화입니다. 이동전화 서비스는 차후 기술 개발이 완료되는 대로 조정 기간을 거칠 예정이며. 이에 대한 내용은 차차 설명해 드리도록 하겠습니다. 자, 지금까지 자리를 지켜 주신 분들께 다시 한 번 감사의 말씀을 드리며 시간이 다된 관계로 이만 설명회를 마치려고 합니다. 감사합니다."

시간이 다 됐다.

약속은 지켰으니 나갈 명분도 있다.

인사하자마자 일단 밖으로 나갔다.

뒤늦게 기자들이 쫓아오긴 했으나 오빠 부대를 두고 떠나가는 연예인처럼 유유히 달아났다.

서둘러 집으로 돌아왔고 귀 닫고 눈 닫고 아무것도 하지 않고 잠이나 처잤다.

그리고 다음 날이 되었다.

평상시처럼 일어나 준비하고 김하서가 이끄는 방향에 따라 현 SD 텔레콤 전 한국전자통신연구소로 출근했다.

나중에야 사옥도 짓고 거창하게 만들 테지만 지금은 이게 딱 좋았다.

어차피 이동통신의 핵심은 CDMA와 전전자교환기였고, 기지국 건설은 한국전기통신공사의 인력을 지원받아 대양과 선영이 따라붙기로 했다.

다른 곳으로 움직일 필요가 없었다.

있는 자리에서 겸손함만 유지할 뿐.

입구에 도착했더니 최순명을 선두로 거의 스무 명이 도열해 있었다. 아마도 간부급이리라.

최순명이 차 문을 열어 줬고 내가 자세를 갖추자마자 연습이라도 했는지 각이 딱딱 맞는 인사로 나를 맞이하였다.

기분이 삼삼했다.

일이 어떻게 됐든 수장에 대한 환영은 확실한 게 좋았으니.

나는 곧바로 전 임직원을 소환, 자칫 불안에 떨고 있을지도 모를 이들에게 SD 텔레콤의 미래를 설명하고 너희들이 앉은 자리가 앞으로 국민 모두가 부러워할 자리로 만들어 주겠다 약속해 줬다.

뒤이어 최순명이 들어와 인수인계 사항을 브리핑했는데,

이건 좀 귀에는 들어오지 않았다.

뭐 이런 거였다.

한국전자통신연구소 당시 전기통신연구소 1년 예산이 24억 정도였는데 TDX 개발에 240억을 쏟아부었고 결국 성공한 것과 그리고 또 이걸 전국망으로 키우는 데 4년간 500억 정도의 예산이 소요된다는 등등.

한 해 마케팅 예산만 천억 단위를 그리는 내겐 한마디로 껌딱지였다.

"그보다 인원 추리기는 어떻게 됐습니까?"

저번 인공위성 건에 대해 물은 거다.

최순명도 찰떡같이 알아듣고 대답하였다.

"대표님을 만난 이후 지금까지 고민했는데 결론은 이대로 가면 안 되겠다는 것밖에 나오지 않았습니다. 죄송합니다."

하긴 겨우 이틀이긴 했으니까.

"여기에 인재가 없던가요?"

"인재는 있지만, 지금은 손을 놓을 수 없는 상황입니다."

차세대 전전자교환기 개발 건 때문이란다.

맞는 얘기라 고개를 끄덕였지만 이미 나도 인공위성이란 것에 꽂힌 상태였다.

"그럼 이게 끝입니까?"

"더 고민해 봐야 할 것 같습니다. 죄송합니다."

"어허…… 이렇게 인력이 부족해서야 일이 진행되겠습니까?"

"죄송합니다."

"그럼 만일 최 소장님은 인력이 있었다면 어떻게 움직일 생각이셨습니까? 아, 이건 나무라기 위해 하는 말이 아닙니다. 계획을 듣고 싶은 거죠."

"아, 네. 사실…… 얘기가 나와서 하는 말씀인데 우리를 도와줄 나라는 그리 많지 않습니다. 시간을 두고 신중히 구해봐야 하는 건데…… 이것도 죄송합니다. 실은 아무것도 없습니다. 준비된 것도 없이 미리 말씀부터 꺼낸 점 사과드립니다. 면목이 없습니다."

기가 팍 죽어 고개를 숙이는데 사실 이 사람이 무슨 잘못인가 싶었다.

그대로 NASA에 있었다면 자기 한 몸 사는 데는 크게 지장 없었을 사람.

굳이 여기까지 와서 밤잠 설치며 일하는 것도 다 희생이었다.

진지하게 물었다.

"세계 최고가 어디죠?"

"네?"

"인공위성 분야의 최고 말입니다."

"……"

"……."

"……영국 서리대학일 겁니다."

"네?! NASA가 아니고요?"

깜짝 놀랐다.

우주는…….

스페이스는…….

내 알기로…….

20년 후에도 그렇고 지금도 그럴 거라 여긴 NASA보다 더 뛰어난 곳이 있다고?

"종합적으로 보자면 세계 최고는 NASA가 맞을 테지만 우리에겐 최고가 아닙니다."

"그게 무슨 말씀이십니까?"

"NASA는 너무 폐쇄적입니다. 가도 얻을 게 없어요. 얻는다

해도 시간이 너무 걸립니다."

"아아~."

무슨 말인지 알 것 같았다.

무술 하나 배우려고 요리 하나 배우려고 밟아 가야 할 단계를 말하는 거다.

물론 그렇게 해서라도 최고 지점에 다다를 수 있다면 충분히 투자해도 될 가치였지만 문제는 그렇지 않다는 데 있었다.

비기는 언제나 누군가의 독차지일 테고 거기에 우리 대한민국은 해당 사항이 없다는 얘기다.

"그럼 서리대학에서는 뭘 얻을 수 있다는 거죠?"

"기초 기술입니다. 위성 기술이 미래에 반드시 필요한 기술이라 봤을 때 기초 기술의 함양은 이 시점 빠져서는 안 될 중요한 요소입니다."

"그렇군요."

난 조립이라도 우리 위성을 쏘고 싶었는데 최순명은 쇠뿔 잡은 김에 자체 개발까지 생각한 것 같았다.

뭔가 내가 원했던 것과 조금 방향성이 달라지는 것 같았지만, 일단은 계속했다.

"좋습니다. 서리대학은 그렇다 치고요. 우리나라 최고는 누굽니까? 최 소장님 빼고요."

"많은 분이 계시지만 현시점 가장 좋은 환경은 정근현 박사가 있는 카이스트입니다."

"카이스트!"

"아십니까?"

"알죠."

왜 모르겠나.

이공계에 관해선 그래도 우리나라 최고 인재들만 모이는 학교인데.

그 순간 뭔가가 머릿속에서 별똥별처럼 지나갔다.

잘만 만들면 꽤 괜찮은 요리가 나올 것 같은 예감이었다.

"알겠어요. 최 소장님은 전전자교환기 개발에 박차를 가해 주시고요. 남는 시간에 서리대학과 연결점을 찾아 주세요. 여차하면 협의라도 할 수 있게."

"아아, 그렇게 해 주시겠습니까?"

"아직 일이 이뤄진 게 아닙니다. 설레발은 삼가 주세요."

"아, 죄송합니다."

"그리고 당분간은 비밀로 해 주세요. 제가 다시 얘기 꺼낼 때까지요."

"명심하겠습니다."

그가 돌아가자 나는 서둘러 TV부터 켰다.

뉴스를 보기 위함이었다.

어제 한 일도 있고 일단 너무 궁금했다. 악플이 달렸을 걸 알면서도 자기 이름 검색하는 연예인들처럼 말이다.

그런데 시간대가 안 맞았나?

방송 어디를 틀어 봐도 어제 일을 언급하는 곳이 없었다.

갸웃거리다 할 수 없이 신문 쪽으로 시선을 돌렸다.

오늘자 신문이 일곱 개 쫘악 깔렸는데 여기에도 없었다.

1면엔 올림픽 얘기만 가득하였고 그나마 가장 빠른 것이 2면에 딱 손바닥만 한 크기로 SD 텔레콤이 발족한다는 얘기만 실렸다.

"이게 어떻게 된 거지?"

신문 여섯 개가 다 그런 식이었다.

오직 고려일보만 내 얼굴을 박아 놓고 나이를 강조하며 2면의 절반을 활용하여 실었다. 부정적으로.

"왜 이럴까?"

온갖 공격을 예상했는데.

SD 텔레콤이 그 정도로 파괴력이 없었나?

또 너무 잠잠하니 오히려 내가 다 실망스러울 지경이었다.

"아직 입장 정리가 안 됐나? 설마 이것도 손쓴 거야?"

청와대의 입김.

아무래도 그럴 가능성이 높았다.

언론 통제였던가.

SD 텔레콤 설립 자체는 알리지만 그 이상은 안 된다.

점심나절, 정오 뉴스에서도 그랬다. 이런 사실이 있었다는 것만 짧은 단신으로 읽어 주고 넘어갔다.

"가만히 안 있을 거라 생각했는데 대통령이 무슨 수를 쓰긴

쓴 모양이야."

다음 날에도 같았다.

방송은 아예 타지 않았고 신문에만 SD 텔레콤과 미래 통신 기술에 관한 사설만 실렸다. 그것도 좋은 방향으로.

고려일보만 4면에 어제와 같은 말을 반복했다.

"귀신이 곡할 노릇이야. 아는데도 신기해."

"네?"

"너무 조용하잖아."

"아아, 그거요? 조용하면 좋은 거 아닌가요?"

"서 실장, 그래도 약간의 풍파 정도는 있어야지 긴장한 값은 나오지. 너무 허망하잖아."

"또 배부른 소리 하신다. 조용해 주면 좋은 거죠. 난리 쳐 봐야 도련님 삶만 고달파지잖아요."

"그런가?"

"네."

"서 실장이 그렇다면 그런 거겠지. 알았어. 일단 공부나 하지 뭐."

"현명한 판단이십니다."

이젠 정독도서관엘 못 간다.

간다면 업무 시간 이후에나 가능할 텐데 그때는 가 봤자 그녀를 못 만난다. 업무시간에 돌아다니다 걸리는 순간 어떻게 될지도 모르고.

그냥 대표사무실에서 문제지나 푸는 게 서로에게 좋았다.

그렇게 한 시간쯤 풀었던가?

전용 전화기가 울렸다.

"오대길입니다. 아! 비서실장님. 아, 예. 아직 점심 전이죠. 차를 보내 주신다고요? 네, 대기하고 있겠습니다. 네, 알겠습니다."

전화를 끊자마자 서 실장이 옆으로 붙었다.

"어디예요? 그룹? 청와대?"

"청와대."

"왜요?"

"점심 먹자네. 그분이."

"우와~."

"왜?"

"우리 도련님 정말 캡이네요. 이젠 점심을 대통령과 다 드시고."

"놀리지 마. 먹다 체할지도 모른다고."

"누군 돈을 주고서라도 가고픈 자리를 그런 식으로 매도하지 마시죠. 말마따나 경매에 한번 올려 보세요. 가격이 얼마나 치솟을지."

"……!"

워렌 버핏인가 그 양반이랑 점심 한 끼 하는 데 얼마더라? 참고로 이 양반과의 점심 경매는 2000년부터 매년 하는 연례

행사다.

서 실장을 다시 보았다. 하여튼 이 양반도 보통 양반이 아니다.

"그거 꽤 좋은 생각인데."

"뭐가요?"

"저 명인사와의 점심."

"……?"

"자선 행사로 여는 거야. 그룹 회장님이나 지도자급 인사들이랑의 점심. 들어온 돈은 기부하고. 재밌지 않겠어?"

"그건……."

"좋은 생각인 것 같은데. 되는대로 실제로 한번 해 볼까? 괜찮은 것 같아. 이거 서 실장이 만들어 볼래?"

"도련님, 제 말은……."

"알았어. 일단은 그렇게 알고 있자고. 난 갔다 올게. 그분과의 점심이 기다리고 있잖아. 그나저나 얼마나 나올까? 현 대통령과의 점심 식사. 쿠쿠쿡."

"……."

청와대에 도착하니 이번엔 분위기부터가 아주 고즈넉한 기와집으로 향했다.

상춘관이란다.

해외에서 온 귀빈들을 한국 전통 방식으로 모시기 위한 장소

재벌가 막내아들 일제시대? 2

이번엔 대통령이 기다리고 있었다.

반기며 나를 맞았고 내 손을 잡아끌었다.

"왔나. 가자."

그의 손에 끌려간 곳은 문지방을 넘으면 넓게 소나무 정경이 펼쳐지는 방이었는데 앉자마자 불그스름한 차를 따라 주었다.

"오미자다. 마시 봐라. 뒷맛이 쌉쌀하니 괜찮다."

"네."

마시는데.

"밥 안 뭇다 했제?"

"네."

"칼국수 어떠노?"

"칼국수 좋죠. 근데 바지락이요? 고기요? 들깨요?"

"뭐라 카노. 문디 자식이. 푸하하하하하하. 오야. 뭐로 해줄까?"

"전 바지락이요."

"요 시키. 오다 들었나?"

"네?"

"내도 바지락 안 좋아하나."

"그러세요? 잘됐네요. 근데 겉절이는 맛있어요?"

"겉절이는 와?"

"칼국수엔 무조건 겉절이죠. 겉절이가 맛없으면 손님이

안 가요."

"요거 칼국수도 묵을 줄 아나? 맞다. 여 겉절이도 맛있다. 걱정 마라."

"기대할게요."

이렇게 얘기가 오갔지만, 어차피 바지락 칼국수가 나올 판이었다.

말이 끝나기가 무섭게 내왔으니 내가 도착했다는 소식이 들린 순간 면을 삶은 거다.

"묵자."

먹자는데 더 무슨 말이 필요할까.

묵묵히 먹었다.

먹다 보니 맛이 느껴지는데 국물도 시원하고 겉절이도 좋았다.

시장판에서 먹었던 것만큼의 정겨움은 아니었지만, 이것도 나름 괜찮았다.

"월급 만 원만 받는다 했다고?"

"아, 네."

"그기로 되겠나? 욕심 많은 놈이."

"누가 되면 안 되니까요. 이렇게 환경도 만들어 주셨는데 저도 성의를 보여야죠."

"까짓거 잘했다. 니 같은 아도 이리 날뛰는데 나이 먹고 까불면 안 되겠제. 뭐 막히는 거 있으면 기탄없이 달려온나. 내다 뚫어 주께."

대통령이 내 빽이 되는 순간이다.

"감사합니다. ……근데 요즘 너무 조용해서 적응이 안 될 지경이에요. 막아 주셔서 감사하긴 한데 왔어야 할 성장통이 안 오니까 어색하고 어리둥절하더라고요."

"괜찮다. 쓸데없는 건 앞으로도 안 갈 끼다."

"여쭤봐도 될까요?"

"별거 아이다. 어제 김영산이를 만났다."

"아…… 민주당 총재를요?"

"그래, 가한테 다음 대통령 자리를 약속했다 아이가."

"네?!"

"와 놀라는데? 내 못 할 것 같나?"

"아니, 그건 아니지만……."

우와~

세상이 어떻게 흘러가는지…….

어차피 다음 대 대통령이 될 테지만 이렇게 집권 초반 대통령이 확답해 주는 건 얘기가 달랐다.

지금 대통령이 어떤 대통령인가.

아직 집권 1년도 못 채운 아주 팔팔한 대통령이었다. 서슬 퍼런 군부 출신 마지막 대통령이었고.

그런 대통령에게 다음 대 대통령을 약속받는다라.

의미는 굳이 풀지 않아도 강력했다.

"당 통합이군요."

"우와~ 쉐끼. 빠르긴 진짜 빠르네. 그새 그걸 읽었나?"

"적당할 때 공식적인 지지성명까지."

"허허허허허허."

"김대준은 안 되겠고 김종일까지는 어떻게 되겠네요. 하는 김에 삼 당 합당인가요?"

"……!"

무릎을 탁 치는 대통령이었다.

"마! 이 쉐끼 이거 진짜 물건이네. 뭐 이런 게 다 있노. 니어디 있다가 인제 내 앞에 나타난 기고. 야야, 대길아."

"네."

"니 정치 안 해 볼래?"

"정치요?"

"말 한마디에 내가 무슨 짓을 할 건지까지 다 내다보는 니를 내가 남 줘야겠나?"

이때 아차 싶었다.

그냥 모른 척했어야 했는데 너무 나댄 게 아닌지.

그러나 이미 늦었다.

기호지세.

대신 최대한 실망감을 비췄다.

"제가 어딜 간다고 섭섭하게 말씀하세요."

"어라? 섭섭하더나?"

"섭섭하죠. 모처럼 대화 통하는 상대를 만났는데. 남 주다뇨."
더욱 들러붙었다.

그러자 날 또 물끄러미 본다.

"내랑 대화가 통한다 생각했나?"

"그럼요. 안 그럼 일이 이렇게 재밌진 않을 테니까요."

"재밌다고? 하하하하하하. 맞다. 내도 그렇다. 근래 들어 일이 이렇게 재밌었던 적은 없었다 아이가."

"그러니까요. 제게 왜 그런 말씀을 하세요. 섭섭하게."

"섭섭했으면 미안하다. 내 요새 생각이 많아져서 안 그렇나."

"무슨…… 생각이요?"

물으면서도 괜히 더 나가는 게 아닌지 걱정됐는데.

"이거까지 말하는 게 맞는지 모르겠는데 말 친구라 생각하고 기탄없이 얘기할게."

"네."

"내 친구를 지금 잡게 생겼다."

"네? 저를요?"

"니 말고. 내 전에 여기 앉았던 놈."

"아……."

"여론이 너무 거세다. 버티려 했는데 도저히 안 되겠다. 잘 못하다간 다시 5.18이 터질 것 같기도 하고."

"……."

"근데 웃긴 거는…… 내 친구 잡으려고 봤더니 내도 거기서 자유로운 게 아이다 이건 거라. 이해하겠나?"

숨이 턱 막혔다.

이 사람…….

처음부터 알고 있었다.

대머리 본인 아저씨 잡으면 자기도 잡혀야 한다는 거.

5공 특위도…… 같았다.

하기 싫어도 해야 하는 일.

그 칼이 결국 어디로 향할 건지.

그 끝에서 또 무엇을 감내해야 할 건지.

모든 걸 처음부터 알고 시작한 거였다.

'세상에…….'

하긴 정점까지 오른 자가 일의 수순을 모르는 것도 좀 이상하긴 한데…….

근데 여기에서 또 의문.

그러면 그럴 줄 알면서도 4천억이 넘는 돈은 왜 호로록한 걸까.

알다가도 모를 일이다.

Chapter 18. 그때도 못 했다

　1초도 안 되는 시간 동안 '왜'라는 단어를 몇 번이나 떠올렸는지 모르겠다.

　이 사람…….

　왜 그런 짓을 하였을까?

　알면서도, 그 꼴이 될 줄 알면서도 왜 그랬을까?

　봉황의 눈에 곰의 코를 가져서이기 때문일까?

　관상학적으로 봉황의 눈은 왕좌를 가리킨다. 하지만 곰은 습성이 그러하듯 잔뜩 쌓아 두길 즐긴다.

　봉황처럼 좋은 운명을 타고나 고귀한 자리에 올랐으되 곰처럼 바람이 차가워지기 시작하면 닥치는 대로 먹어 치우는 본능이 발현돼서일까?

아님, 어디까지 가나 자포자기로 내버려 둔 걸까?

그는 분명히 미래에 올 자기 꼴에 대해 인식을 하고 있다.

인식한다면 반드시 저항이 일어나기 마련인데.

이렇게 가면 안 된다.

이렇게 가는 순간 수렁에 빠진다.

하지 마라. 하면 안 된다.

먹으면 살찌는 걸 알지만, 손부터 가는…… 미래 수많은
다이어터의 울부짖음처럼 이것도 어떻게 안 되는 종류일까.

의문이 의문을 물고 덤비기 시작하지만, 내가 가진 한계만
명확해졌다. 내가 그이지 않은 이상 어떻게 알까.

불이 바람을 어떻게 알 테고. 땅이 물을 어찌 이해할까.

그도 나를 이해하지 못할 텐데.

결국 얘기를 더 들어 봐야 할 것 같았다.

그의 시작에 대해서.

"그 말씀은 혹 6.29선언 때문인가요?"

"너…… 크음."

순간 대통령의 얼굴에 경악이 물들었다가 바람 빠지는 것
처럼 사그라들었다.

"그것도 다 보이나?"

"아니요. 다만 대통령님의 처음이 궁금해져서요. 친구와
틀어져야 했던 결정적 이유는 그것밖에 없으니까요."

"흐허허허허허, 도저히 못 당하겠다. 뭐 이런 놈이 다 있드노. 니 진짜 천재가?"

순순히 시인하는 그의 모습에서 나는 오히려 그가 가진 권력의 한계가 보였다.

'그렇구나.'

스스로 만든 족쇄.

그것으로 인해 최고의 권력을 차지했으나 그로써 그는 자기의 발목을 잡았다.

그가 가진 권력의 정당성은 6.29선언에서 출발하였다.

작년 1987년은 6·25전쟁 휴전 직후처럼 정치가 무척 혼란스러웠었다. 어찌나 사건·사고가 많았던지 잘못하면 올림픽도 날아갈 판에 엄청난 피를 봐야 할지도 모를 정도로 정국이 살벌하게 흘렀다.

날이면 날마다 데모에 화염병에 최루가스가 터졌고 심심하면 대학생들이 끌려갔고 사복 경찰들이 그 뒤를 쫓았다.

야당도 사생결단으로 덤볐고 세계의 이목도 좋지 않았다.

특히나 미국이 점점 인상을 쓰기 시작할 때였다.

그때 국민이 원하는 대결단으로 민주주의의 기치를 내건 사람이 이 사람이었고, 이 사람은 결국 대머리 본인 아저씨의 승복에 따라 권력을 잡게 된다.

즉 6공화국의 태생 자체가 5공화국을 부서뜨리지 않고는 또 그들을 보호해서는 성립되지 않았다.

자승자박이었다.

"여기까지 와서 아니라고는 말 못 하겠다. 니 말이 다 맞다. 개헌과 직선제, 자유 출마, 김대준 사면, 기본권 강화, 언론의 자유, 자율성 확립, 정당 활동 보장, 사회 정화. 이 여덟 가지를 내세우고 친구랑 담판 지었다."

"관철되지 않으면 모든 공직에서 사퇴하신다 했고요."

"맞다."

"그분으로선 다음 대 대통령을 다른 분에게 넘길 수 없었으니 울며 겨자 먹기로 받아들였고요."

"그것도 맞다."

"이제 그분을 쳐야 한다는 거죠."

"……짜식이 그분이 총 맞아 죽고 자리에 올랐으면, 대충 몇 년만 해묵고 내려왔으면 이런 일이 벌어지지 않았을 거 아이가. 그걸 무시하고 7년이나 해묵었으니 국민이 안 노하나. 그분도 총 맞는 판에 지가 무슨 대수라고. 니는 모르겠지만, 당시는 진짜 살벌했데이. 누구도 가족도 믿을 수 없었다 아이가."

"두 분이서…… 어떤 약속을 하셨나요?"

"……."

갑자기 입이 굳게 닫힌다.

여기에 대해서는 언급하지 않을 모양이었다.

나도 비껴나갔다.

"그럼 다음 대 대통령으로 밀어주기로 한 김영산 총재도 대통령님을 칠 거라 생각하시나요?"

"……그렇다. 갸도 날 쳐야 지 정권의 정당성이 확보될 끼다."

"국민이 선출한 최초의 민간 대통령이니까요? 군부를 밀어낸 그런 대통령으로서요?"

"그렇……겠지."

"……."

"……."

"……."

"……."

순식간에 침묵이 찾아왔다.

어색하지 않았다.

사실 적당한 시기에 온 침묵이었다.

농구 경기의 작전 타임 같은 것?

한숨 돌린 나도 보통 이 정도라면 충분히 간 거로 모자라 오히려 넘칠 지경이라 자중할 테지만, 오늘따라 이상하게도 감이 조금 더 나가길 종용했다.

한 발 정도는 괜찮을 거라고.

살짝 의견 정도 내 보는 건 어떻겠냐고?

이성은 아니다 말리지만 심장이 진격의 나팔 소리를 울려댔다.

지금이 기회라고.

왜냐고 반문할 시간조차 없었다. 나는 나도 모르는 사이 한 발 더 내디뎠다.

"……그리 어려운 문제는 아니네요."

"으응? 그게 무슨 소리고?"

"복잡해 보이지만 핵심은 간단한 문제잖아요. 우선 여쭤 봐도 될까요?"

"뭔데?"

"무엇이 걱정이세요? 명예가 무너지는 것 때문인가요? 아님, 앞으로 올 인고의 시간 때문인가요? 무엇이 대통령님을 억압하는 거죠?"

"……"

"제가 알기로 얼마 전에 5.18이 잘못된 일이었다 사과까지 하셨잖아요. 저는 이미 움직이고 계신 줄 알았는데…… 아니세요?"

"……으응? 뭐라 카노? 잘 못 알아듣겠다. 좀 더 자세히 말해 봐라."

"상대가 트집 잡겠다 덤비면 트집 잡을 꺼리를 없애면 되죠. 임기 내내 전 정권의 잘못을 고치고 되돌리고 좋게 만들면 문민정부가 오든 말든 그게 뭐 대수겠어요?"

뇌물만 안 먹으면 된다.

너에겐 뇌물이 쥐약이다.

더 노골적으로 나갔다.

"공직자에게 제일 좋지 않은 건 뇌물에 의한 비리잖아요. 상대는 분명 그걸 집중적으로 파고들 거고요. 그럼 아예 그 자체를 안 만드시면 되는 거죠. 역대 최고로 깨끗한 대통령. 역대로 살기 좋은 나라를 만든 대통령. 그런 대통령을 누가 건드려요. 국민이 들고일어나지."

"……역대 최고로 깨끗한 대통령."

"업적이 좀 많은 대통령이세요? 대한민국을 통신 강국으로 부상시키고 우주산업에도 첫발을 디딜 거잖아요. 국토를 고루 발전시키고 인재를 적재적소에 등용하고 동서의 화합을 도모하고 마을길도 정비해 주고 임대 아파트 같은 거 지어서 집 없는 서민들 살게 해 주고. 그렇게 국민 지지율이 높아지면 김영산 총재가 대통령이 아니라 대통령 할아버지라 해도 어떻게 건드리겠어요. 문민 대통령은 문민이 싫어할 일을 할 수가 없겠죠."

가족들도 잘 단속하면 됩니다.

혼자만 깨끗하다고 끝날 문제가 아니니까요.

"……."

"제가 너무 주제넘게 굴었나요?"

"아이다. 니 말이 틀린 게 없다. 알면서도 모른 체하려는 내가 문제지. 어휴~ 내 꼴이 말이 아이다. 격려해 주러 불렀다가 이게 이 무슨 꼴인지…… 오야. 내 다시 고민해 보꾸마."

"감사합니다."

"묵자."

이미 식어 버린 칼국수를 우리 두 사람은 걸신들린 듯이 먹어 치웠다.

왠지 모르겠다.

괜히 허기가 졌고 맞은편에 앉은 대통령도 비슷해 보였다.

다 먹고 나니 다시 오미자를 따라 주는데 문득 이런 생각이 들었다.

어쩌면 내가 이 사람과 통하고 또 급격히 가까워진 것도 다 이런 고민들의 틈을 운 좋게 파고든 게 아닌지.

만일 5공 시대의 서슬 퍼런 장군님이었다면 과연 내 말이 이빨이라도 박혔을까?

그나저나 다른 누구도 아니고 대통령과의 점심인데 나도 하나쯤 얻을 건 얻어 가야 하지 않겠나? 부하들에게 가오 살려면?

"온 김에 하나 부탁드릴 일이 있는데요. 괜찮을까요?"

"뭔데?"

"인공위성 만들려고요."

"인공위성?! 니 그것도 진짜 만들려고? 말만 하는 게 아이고?"

방금까지도 축 처졌던 기가 좀 사는 느낌이었다.

더 설레발 떨었다.

"통신사업하는데 인공위성도 있어야죠. 우리 최 소장이 NASA 출신이라 이쪽에 빠삭한데 막상 하려니 문제가 좀 있어요."

"말해 봐라."

"사람이 없어요. 사람 좀 구해 주세요."

"사람이 없다?"

"저기 영국에 인공위성으로 꽤 괜찮은 대학이 있다는 것까진 알아봤어요. 없는 사람이 갑자기 생길 수는 없을 노릇이니 거기로 우리 애들 유학 좀 보내 주세요. 꽉꽉."

"자매결연 같은 거로?"

"그거로는 많이 부족하고요. 기술 빼 오려면 협력 정도로 가야 할 거 같아요. 근데 우리가 영국에게 줄 게 있을까요? 돈으로 해결되면 제일 좋겠는데."

이건 나라가 움직여야 했다.

최첨단의 첨단을 걸어가는 기술은 결국 국가가 관리하기 마련.

내가 바라는 바는 영국의 허락을 받아 달라는 거였다. 공식적으로 기술 좀 빼 오게.

하지만 대통령은 별것 가지고 다 고민한다는 표정을 지었다.

"그런 거면 걱정 마라. 안 되면 건물 지어 주고 잔디 깔아 주면 된다 아이가. 비서실장이 알아보면 답이 나오겠제. 놈들이 가려운 데는 내 찾아보꾸마."

"그렇게 해 주시면 저는 예산을 만들어 볼게요."

"으응? 국비로 안 하고?"

"국비로 하면 제 마음대로 못 하잖아요."

"그게 무슨 소리고?"

"우리나라 1호 인공위성에 대통령님 함자 붙이려고 하는데, 국비로 하면 되겠어요?"

"뭐, 뭐라꼬?!"

놀라 입까지 벌리는데…….

사실 조금만 생각해도 이게 어렵다는 건 금방 나온다.

그도 알고 나도 안다.

막 던지긴 했지만 나도 사실 이게 되든 안 되든 별 상관은 없었다.

성의 문제였다.

내가 너를 이만큼 생각하고 있다.

대통령도 한바탕 웃더니 나를 손가락질해 댔다.

"요요요, 요 시키가 아주 사람을 놀린다. 놀려."

"안 될 게 뭐 있어요? 미국도 항공모함에다 대통령 이름 붙이잖아요."

"갸들은 다 죽은 놈들 아이가. 니 내보고 죽으라는 기가?"

"산 사람으로서 최초로 위인의 반열에 오르는 것도 나쁘지 않죠. 그런 걸 누가 정하진 않았을 거 아니에요."

"위인?"

"위인이 별건가요? 자세 바르고 업적이 어마어마하면 위인이죠. 올림픽에 통신에 국토 발전에 인공위성까지 역대 대통령 중 이처럼 화려한 업적이 있었나요? 게다가 청렴결백까지 하면……."

농담처럼 우스갯소리로 던지긴 한다만 사실 모든 게 내 바람이었다.

어쨌든 연이 닿은 사람.

잘되어 나중에 험한 꼴 안 보는 게 내게도 좋지 싶었다. 내 말을 들을지 무시할지는 결국 그의 책임이겠지만.

· 어쨌든 우리는 웃으며 헤어졌다.

서로 잘 가라 잘 있어라 하며 손도 흔들고 다음을 기약했다.

하지만 서로 보이지 않은 곳에 들어서는 웃지 않았다.

아마 그도 그럴 것이다.

생각지도 않았던 오늘의 만남.

뜻밖의 이야기들이 오갔지만.

과연 앞으로 어떤 식으로 영향력을 끼칠지.

또 대한민국이 어떻게 바뀔지.

솔직히 미지수긴 하나 소름 끼치도록 기대되긴 했다.

변화될 역사.

변화될 대한민국.

변화될 나.

조금씩 떨려 왔다.

근데 이거 나만 이런가?

아니면 말고.

◇ ◆ ◇

1988년 9월 17일부터 10월 2일까지 단 16일 동안 경제는 물론 문화, 스포츠까지 그 이름조차 낯선 듣보잡의 나라가 홈그라운드라는 작은 이점을 민족혼의 대폭발로 승화시켜 미친 사고를 하나 쳤다.

아시아 1등 붙박이인 중공조차 10위권 내로 들지 못한 박력의 올림픽에서 금메달을 무려 12개나 따먹고 소련, 동독, 미국 다음으로 그 이름을 올려 버린 거였다.

올림픽 종합 성적 4위.

20년 후에도 혹은 더 지나도 또다시 달성할 수 있을까 의심되는 숫자가 1988년의 완연한 가을로 넘어가는 어떤 날 역사에 새겨졌다.

국민은 열광했다.

폐막식은 감동이 넘쳤고 열화와 같은 성원으로 막을 내렸다.

대한민국 최초의 세계적 이벤트가 무사히 마무리되었다. 물론 몇 가지 문제점을 안긴 했으나 국민에겐 대수로운 일이 아니었다.

우린 해냈고 그거면 됐다고 생각했으니 풍악을 울려도 모자라고 간혹 메달리스트라도 있는 마을이라면 잔치를 벌여도 아깝지 않았다. 꿈결 같은 감동은 한동안 계속되었고 너도나도 한잔 들어갔다 싶으면 올림픽 얘기로 흥을 돋우기 바빴다.

다들 그렇게 신나고 있을 때 나만……

"피곤해. 피곤해~ 막 피곤해. 아무것도 안 해도 피곤하고. 뭘 해도 피곤하고. 그냥 다 피곤해. 피곤해 죽을 것 같아."

현자타임이 왔다.

긴장감으로 진행시킨 일이 모두 다 술술 잘 풀려서였을까.

갑자기 할 일이 뚝 끊겨 그랬을까.

정말 한동안 아무것도 못 하고 멍하니 출퇴근만 반복하였다.

언론도 그사이 시들해졌고 대통령 언급대로 야당까지 별다른 언급이 없자 기업들도 더 이상의 수작은 부리지 않았다.

태평성대였다.

덕분에 오대길의 이름은 불세출의 천재로 포장되어 알 만한 사람들 뇌리로 파고들었고 인텔리 중 인텔리로 꼽히던 최순명마저 깊이 따르자 지도력으로 문제 삼는 것들도 쑥 들어갔다.

다만 고려일보에서만큼은 자꾸 어린 시절의 난장을 들먹

이며 깔짝대는 짓을 멈추지 않았는데, 비서실장이 영 못 버티겠다 싶으면 말만 하라며 고려일보 사주 한번 소환하면 쏙 들어갈 거라 해서 나도 그리 신경 쓰지 않았다.

그렇게 다 좋았는데…….

"……."

오늘따라 서 실장이 너무 부산하다.

무엇에 놀란 듯 여기저기 전화하기 바쁘고 동공에도 초점이 없다.

당황한 거다.

무엇 때문에 당황했을까.

끌어다 앉혔다.

"왜 그래? 정신 사납게."

"도련님."

"왜 그러냐고. 가뜩이나 피곤한데."

"아직 모르십니까?"

"뭘?"

"어제 정부가 금융실명제를 한다고 발표했지 않습니까?"

"금융실명제? 아, 그거?"

한 보름 잠잠하던 정부가 어제 또 괜히 금융실명제랑 금리 자유화를 시행하겠다고 발표했다. 그것 때문에 서 실장이 이리 뛰고 저리 뛰는 거였다.

"그거라뇨? 이제 자기 명의가 아니면 인정하지 않겠다는데요.

이게 얼마나 큰 문제입니까? 세금 걷으려고 하는 짓 같은데 빨리 움직이지 않으면 돈이 공중분해될지 몰라요. 어서 빨리 움직여야 합니다."

"공중분해? 서 실장 구린 돈 많아?"

"네? ……으음."

있긴 있나 보다.

"내가 서 실장 돈까지 관여할 문제는 아닌데. 너무 설레발 떨지 마. 그거 안 돼."

"네?"

"그거 안 된다고."

"안 된다뇨? 91년부터 시행하겠다 발표했잖아요."

"그것도 다 설레발이야. 금융실명제는 전 정부에서도 얘기 나오던 거였잖아. 지하경제를 밖으로 끌어내야 한다고. 근데 겁나 살벌한 그때도 못 한 거야. 국민 눈치 보는 정부가 할 수 있겠어?"

"도련님은…… 안 된다고 보십니까?"

Chapter 19. 바람 잘 날 없다

"안 돼."

"왜 그렇게 단정하시죠? 그때부터 계속 준비한 걸 수도 있지 않습니까?"

"그래도 안 돼."

"자꾸 안 된다고만 말씀하지 마시고……."

"그거 실행하려면 보통 또라이로는 안 돼. 이것저것 눈치 보는 사람은 절대로 성공 못 해. 무슨 얘긴지 알겠어?"

"잘……."

"미국도 못 했어. 유럽도 못 했어. 뭐 걔들은 이걸 몰라서 안 하는 거 같아? 빈대 잡으려다 초가삼간 태울 것 같으니까

엄두도 못 내는 거지. 아무리 권력이 세도 건수 봐 가면서 건드리는 거야. 옛날처럼 최측근한테 총 맞고 싶으면 뭔 짓인들 못 해."

"……."

민감한 사안을 건드렸던가.

서 실장이 입을 꾹 다물었다.

나도 더 가고 싶지 않았던 터라 그냥 답정너처럼 우겼다.

"그러니까 안 돼. 무조건 안 돼. 안 되니까 그만 좀 침착해. 세상 안 망해."

"후우~ 이것 참…… 이걸 믿어야 할지 말아야 할지. 정말 안 되는 거 맞습니까? 정부가 발표까지 했는데."

"안 되니까 신경 꺼도 돼. 금리자유화도 마찬가지고."

"금리자유화도요?"

"물가가 안정돼야 금리가 먹히는데 그게 지금 돼? 결국 이것도 단계적으로 가게 될 거야. 우린 거기에 맞춰서 움직이면 되고."

"……."

긴가민가한데도 딱히 덤벼들지 않는 거로 봐서는 서 실장도 조금은 이성을 찾은 모양이었다.

그렇다고 의혹이 완전히 해소된 것은 아니고 관망하겠다는 정도였다.

말이 나온 김에 나도 물어볼 말이 있었다.

"그건 그렇고 앨런은 통화해 봤어?"

"사흘 전까지 뭐 하나 지켜봤더니 신나게 놀러 다니던데요."

"그래?"

"제지 안 합니까? 냅두래서 보고만 있긴 한데."

"잘하고 있잖아. 그러라고 박아 둔 건데."

"아니, 허구한 날 술에 여자에…… 그러라고 박아 둔 거라고요?"

"쉬워 보여야 파리가 꼬이지. 허황되고 방탕해야 만만하게 볼 거라고. 아주 잘하고 있네. 다만 누굴 만나고 다니는지는 알아봐. 건들지는 말고. 어차피 운용은 내가 하잖아."

앨런의 역할은 결정적일 때 쓰일 것이다.

그 전까진 이게 최선이었다.

오히려 나는 앨런이 전국적으로 호구 소리를 들었으면 좋겠다. 그러라고 돈도 팍팍 쓰고 이런 활황 중에서도 손해 보게 하는 거니까.

하지만 서 실장은 계속 못마땅한 모양이었다.

하긴 이게 정상적인 반응이긴 했다.

"……그렇긴 하죠. 그렇게 말렸는데도 이번에 선영에서 들어온 돈까지 몰빵하셨으니까요. 어련히 하시겠습니까. 도련님?"

"너무 몰지 말라고. 나중에…… 아주 나중에 다 알게 될 테니까."

"눼눼~ 그건 그렇고, 근데 최 회장님께 감사 인사는 해야 하지 않겠습니까? 그래도 목돈을 주셨는데 찾는 봬야죠."

"뵙긴 씨벌."

대표 취임식 이후 일주일이 지나서야 100억, 1,400만 달러가 DGO 인베스트로 들어왔다.

질긴 늙은이였다.

게다가 내가 못 참고 앞으로 제대로 두고 보자고 으름장을 놓고서야 돈을 보내왔으니 사이가 좋아지긴 틀렸다.

"씹자고. 어차피 가족도 아니잖아."

"그래도……."

"왜? 전화 왔어? 인사 안 오냐고?"

"그렇진 않았지만, 도의상 그렇다는 거죠."

"도의상은 씨불. 지가 삼킨 기업이 몇 개인데 나한테 도의를 따져. 확 다 말아먹게 해 버릴까 보다."

어쨌든 나는 그 돈을 기존에 가지고 있던 천만 달러와 합해 모두 일본 시장에 박았다. 내년까진 이상 없이 순항할 테고, 지금으로서도 일본만 한 투자처는 없었다.

그렇게 해서 대충 이것저것 쓰고 빼고 남은 DGO 인베스트 투자자산이 4천만 달러 정도 되니까 나도 꽤 이루지 않았나. 쿠쿡.

"칭얼 좀 대지 마. 잘되고 있잖아. 잘되고 있으면 된 거지 뭐가 그렇게 불만이 많아."

"어휴~ 이제는 제 말도 무시하시고. 조언마저 칭얼로 매도하시는군요."

"그런 건 아니고."

"제가 늙은 거군요. 이제 더 이상 필요 없는 거구요."

"아, 아니, 내가 언제 그랬어? 그냥 끝난 얘기를 자꾸 꺼내니까 그런 거지."

"금융실명제가 끝난 얘기라고요?"

"왜 또 갑자기 금융실명제야? 최 회장 얘기하던 중이잖아."

"이거나 저거나죠. 도련님은 제 얘기를 듣지 않으시잖아요."

"아니라고. 내가 얼마나 서 실장 말을 잘 듣는데. 그리고 금융실명제는 안 되니까 신경 꺼도 된다는 얘기를 하는 거라고. 만일 빵꾸라도 나면 내가 책임져 줄 테니까, 괜한 짓 하지 말라고. 날 믿으라고."

"정말 믿어도 됩니까?"

"우린 한 몸이잖아. 같이 살고 같이 죽는…… 내가 서 실장에게 해될 일을 왜 하겠어?"

"……알겠습니다. 이 일은 잠시 묻어 두기로 하지요."

요즘 따라 까탈스러운 서 실장과 안절부절못하는 나를 두고도 세상은 알아서 계속 돌아갔다.

한창 재미났던 올림픽은 진작에 끝났고.

이제 좀 조용해질 만한데도 나라는 계속 시끄러웠다.

대다수 국민이 밥벌이하느라 바쁜 가운데 무슨 궐기대회는 수도 없이 생겨났다 종료되고 대통령은 미국으로 날아가 돌아오지도 않고 유전무죄 무전유죄를 부르짖던 누군가는 슬프게 자살하고 대머리 본인 아저씨 잡아 족치라는 데모가 전국적으로 벌어졌다.

그리고 TV로 생중계되는 가운데 국회에서 5공 특위 1차 청문회가 열렸다.

엄청났다.

기라성 같은 자들이 얼굴을 드러내고 증인석에 앉는데, 갑자기 듣도 보도 못한 남자 하나가 튀어나오더니 조지기 시작하는데 삼국지 무쌍의 여포가 따로 없었다.

전 안기부장이든 전 비서실장이든 사성장군님이든 그가 방천화극을 꼬나잡고 휘두르면 처맞고 날아가기가 일쑤.

권력의 중심에 있든 최고의 기업가이든 남아나질 않았다.

모두가 꿀 먹은 벙어리가 된 채 그가 내지르는 호통에 고개만 숙였다.

현수그룹 왕회장님만 겨우 상대 가능했는데 내공 만렙인 왕회장님은 그 와중에도 '달라는데 안 주고 배길 수 있겠냐'고 되묻기까지 했다. 하여튼 대단한 양반이다.

다음부터는 둘이서 아주 볼만했다.

남자는 그렇게 줘서 온갖 특혜받은 거 아니냐고 따져 들었고 왕회장님은 너 같으면 버틸 수 있었을 거냐고 되물었다.

국제그룹 날아간 거 안 보이냐고.

다른 인물들은 찍소리도 못 냈다.

5공 청문회는 그가 주인공이었고 그가 대통령이었다.

"이 정도였어?"

나도 그 남자를 보며 다시 격세지감을 느껴야 했다.

노무형.

나중에 대통령이 될 사람.

열의로 똘똘 뭉친 젊은 노무형을 보는데 왜 이다지도 가슴이 착잡한지 모르겠다.

"저 사람, 너무 나대는 거 아니에요? 위험해 보이는데."

서 실장도 걱정되나 보다. 그만큼 그가 휘두르는 방천화극은 신랄했고 날카로웠다.

나는 그런 그가 반갑기도 하고 안타깝기도 하고 보는 내내 이루 말할 수 없이 마음이 복잡했다.

저 사람을 어떻게 해야 하나.

저대로 놔둬야 하나? 놔두면 영예로운 자리에는 오르겠지만, 끝이 좋지 않을 텐데. 진정한 의미의 서민 대통령이라는 그를 대체 어찌해야 할까.

"아주 목숨 내걸고 덤비네요. 자기 앞에 있는 사람들이 어떤 사람들인지 모르나? 저 사람, 뒷일이 두렵지도 않은가 봐요. 세상에…… 내 살다 살다 저런 사람은 처음 봅니다. 대체 무엇이 저 사람을 저렇게 움직이게 하는 걸까요?"

"무엇이 움직이게 하냐고?"

"네, 원동력이 있을 거 아니에요. 저리 날뛸 정도면."

"……상식이겠지."

"상식이요?"

"상식적이지 않은 세상을 상식적으로 풀어 가려니 목숨을 걸 수밖에."

"상식이라."

"김상식은 아니고."

"도련님."

"알았어, 알았어. 외눈이 세상에 쌍눈으로 살려면 방법이 없지 않을까?"

"외눈과 쌍눈. 도련님, 정말 저 사람이 상식을 위해 싸우는 사람일까요?"

"그럴 거야. 가만히 있으면 알아서 올 부귀를 두고 험난한 길을 가고 있잖아. 홀로 무척 외로울 상이야."

"외로울 상. 근데 그 전에 칼침 맞지 않을까요? 저들은 아직 권력을 가지고 있잖아요."

"괜찮을 거야."

"왜요?"

"유명해졌으니까. 유명해지면 함부로 건들지 못하거든. 그리고 저 사람 아주 유명해질 거야. 크게 될 테고."

"그런 면에선 저도 인정합니다. 살아남기만 하면 꽤 올라가겠어요. 허나 그것도 결국 누굴 만나느냐에 달렸겠죠. 후원자가 중요할 텐데."

후원자.

참으로 중요하다. 결국 정치는 돈.

사람들이 가장 좋아하는 게 돈인 이상 민주주의 사회에서는 돈이 곧 정치였다. 그리고 근대 이데올로기의 승리라 불리는 다수결의 폐해가 바로 이 돈이었다.

있는 놈이 다 가진다는 것.

물론 이것도 지금만의 문제는 아니고 동서고금을 막론하고 인간 역사와 함께하는 요소겠지만.

"그건 그렇고 일이 급격히 진행될 것 같은데."

"네?"

"대통령이 내일 아태 순방 나간대."

"한국을 비운다고요? 그럼……!"

"없는 사이에 끝내라는 소리지."

"……무섭군요."

"무섭지."

"어떻게 해야 할까요?"

"죽지 않으려면 반드시 성공해야지. 우리도."

"그렇겠어요."

그런 의미로 일단 난 문제지부터 폈다.

정치인은 정치. 경제인은 경제.

입시인은 시험이다.

이제 대학입시 시험이 한 달 남았다.

오늘도 나는 시험지를 경주한다.

◇ ◆ ◇

주홍글씨란 낙인을 뜻했다.

평생을 따라다니는 꼬리표 같은 것.

그 꼬리표가 나에게도 있었다.

개망나니.

예절에 몹시 어긋나고 성질이 못돼 처먹은 놈을 아주 낮춰 부르는 말이다.

그런 전차로 나란 인간은 여길 가도 피하고 저길 가도 반기지 않았다. 언제 터질지 모를 시한폭탄 같은 인생은 안정을 요하는 사람들에겐 기피 대상이었고 순간을 모면하고픈 거리낌이었다.

더러운 똥이었다.

내게 겁먹었으면서 뒤에서 그렇게 비유하였고 내 기행을 미친 자의 놀음이라 자기들끼리 규정했다. 내가 추구한 가치마저 시선 한 번 던지지 않고 형편없다 말했다.

가족들도 나를 보호해 주지 않았다. 도리어 앞장서서 자기들만은 정상임을 나를 통해 증명하였다. 나는 뭘 해도 거기에서 벗어날 수가 없었다.

나는 잉여 인간이었다.

삶의 환멸과 허무에서 일생을 노니는…… 먼지 날리는 황폐함밖에 사귈 친구가 없는 나는 가족과 사회와 국가에 필요없는 인간이었다.

음지에 숨어 양지를 바라보는 추악한 쓰레기.

"씨벌노미, 죽고 싶나……."

물론 모두 다 부정적인 건 아니었다.

찾다 보면 긍정적인 측면도 있긴 있었다. 존재 자체가 그들의 삶에서 행복을 척도 하는 기준이 되었고 심심풀이 땅콩처럼 등장하는 나쁜 예의 표본이 되었다.

이게 나름의 순기능이었다.

"모른 체하시죠. 원래 기자들이란 게 상대하면 안 될 종자들입니다."

"일단 계세요."

하지만 모두가 절레절레 고개 젓는 개쓰레기 개차반이라도 알 건 알았다.

그들이 자랑하고 지향하는 삶이란 게 결코 그들이 그린 그림이 아니라는 걸.

만들어지고 만들어진 허상의 판타지.

동류는 동류를 부른다.

언뜻언뜻 나타나는 진실은 자괴감을 일으키고.

결과적으로 그들은 자기 얼굴을 몰랐다.

진짜 얼굴이 나오지 않는 위선 속에선 어떤 노력도 절대 본질을 가져다주지 않는다는 것도 그들은 몰랐다.

내가 그 사실을 알게 된 건…… 나도 그게 파멸로 가는 지름길이라는 걸 파멸로 가는 직행열차에 올라타고서야 깨달았다.

비웃어 줬다. 너희들의 삶은 거짓이라 소리쳤고 본연의 모습을 드러내 자유롭게 살라 공격했다.

근데 그럴수록 나는 혼자가 됐다.

그럴수록 나도 더욱 원망했다. 더욱 악담을 퍼부었다.

늘 저들의 움직임을 주시하고 있으면서도 일부러 더 부수고 더 타락했다.

지옥의 구렁텅이 속으로 스스로를 밀어 넣었다.

장승업의 미친 통곡 같은 대소(大笑)도, 피맺힌 절규 속에서도 미소 지어야 했던 베아트리체도 내 마음을 이해할 수는 없었으리라.

그 속에서 보았다.

꿈틀꿈틀대는 작은 생명.

Dream이라는 희망의 탈을 쓴 기생충을.

그것이 어떻게 영혼을 갉아먹는지.

거짓 희망을 부여하고 어떤 절망에 빠뜨리는지.

어떤 몸부림을 치게 만드는지.

씨바, 한번 박히면 죽을 때까지 빠지지도 않는다.

차라리 바라지 않았던들 괜찮았으련만.

젠장, 나도 꿈꿔 버렸다.

어느새 누가 이 끈을 끊어 주기를.

위대한 왕이 나타나 불세출의 보검으로 불꽃을 일으켜 내 안 영혼의 부식을 종용하는 기생충을 제거해 주기를. 희망을 없애 주기를.

소원은 어이없게도 희한한 방식으로 이뤄졌다.

그럼에도 소망은 여전했다.

다시는 내 몸에 기생충 같은 주홍글씨가 새겨지지 않기를.

혹여나 시비 걸릴까 술집 근처에는 가지도 않았고 손만 뻗으면 만날 수 있는 여자에게도 시선을 돌리지 않았다.

그렇게 살았는데…….

50년 묵은 수도승처럼 사리 나오게 살았는데…….

오늘만은 도저히 못 참겠다.

"이런 씨벌노미. 내가 누군 줄 알고 개수작이야!"

일도 잘 풀리고 자리도 잘 잡아 가는 가운데 공부까지 너무 열심히 했더니 살짝 방심이 와 버렸다.

스트레스 푼답시고 직원들 데리고 회식 나온 게 실수였다.

어디에서 붙었는지 기자 하나가 살살 거슬리더니 급기야

회식 도중인데도 마구잡이로 끼어들어 자기 물을 말만 계속
해 댄다.

이때까진 참았다.

좋은 말로 보내고 그것도 안 돼 가게도 전세 내 문도 걸어
잠그고 다 했는데 이 쉐리가 가지도 않고 문까지 두드리며 고
래고래 고함까지 쳐 댔다.

SD 텔레콤을 폄훼하고 나를 온갖 비리의 온상이라 저격하
고 아버지까지 더럽히고 위선적 가면을 벗어라 30분 내내 저
격당하고…… 슬슬 열이 끓어오르는 게 어느새 정신 차려 보
니 문과 함께 놈을 차 버리고 있었다.

그때부턴 버린 몸이었다.

"내가 한쪽 구석에 짜져 있으랬지. 이 새끼가 감히 어디에
끼어들어 간을 보고 지랄이야. 뒈지려고."

"대표님!"

최순명이 달려와 말리지만 봇물 터졌다.

주먹이 모처럼 쉬질 않는다. 모처럼 기분도 좋다.

"가만히 계세요. 이거 아주 싹수가 노란 새끼에요. 이런 놈
은 손본 김에 아주 죽여 버려야지 뒤탈이 없어요."

"대표님, 이러시면 안 됩니다. 이제 대표님은 공인이십니다.
이게 밖으로 알려지게 된다면…… 어찌 감당하시려고 이러십
니까?"

"……!"

최순명은 왜 하필 이때 공인이란 말을 던졌을까.

정신이 번쩍 들었다.

하지만 내 주먹은 이미 피투성이가 돼 있고 내 밑에 깔린 놈은 원래 어떻게 생겼는지조차 모를 만큼 구겨져 있었다.

앞으로 벌어질 일련의 사태가 촤르르르 그려지는데.

우와~ 엿 됐다.

지금 내게 필요한 건 엄마도 아빠도 아닌 서 실장이었다.

"응, 나야. 여기로 좀 와 줘야겠어. 내가 지금 누구 하나 조져 놨거든. 응응, 빨리 와."

Chapter 20. 한 해의 마지막은 유종의 미로

"대양병원으로 옮겨 놨습니다."

"……."

"사람을 붙여 놨으니 의식 차리는 대로 일의 진상을 파악하고 혹 배후가 있다면 모두 밝히겠습니다. 근데 도련님 손은……."

붕대로 둘둘 감긴 내 손을 걱정한다.

"놔둬."

"아프지 않습니까?"

"살짝 까진 거야. 오랜만에 휘둘렀더니 적응 안 된 거고. 이것도 자주 휘둘러야 단단해지는 건데. 약해졌어."

"약해지긴요. 요즘 너무 젠틀하셔서 사람이 바뀐 게 아닌가

의심했는데 왠지 안심됩니다. 도련님은 역시 도련님이시군
요."

"뭔 소리야?"

"도련님만 괜찮으시면 저도 괜찮다는 말씀입니다."

서 실장이 이렇게 나온다는 건 안심해도 된다는 얘기였
다.

'왜?'의 문제였지. '누가?'의 문제는 아니라는 소리.

적어도 힘센 놈들은 붙지 않았다는 거다.

"그 새끼는 어떻게 할 건데?"

"젯값을 치르게 해야겠죠. 다만."

"다만?"

"당시 혼자가 아니라 여럿이었다면 조금 문제가 될 수 있
습니다. 잠수 타면 시간도 걸릴 테고요."

"여럿?"

그 생각은 못 했다. 알짱거리는 모기 때려잡는 게 당시 내
가 가진 일생의 목표였으니까.

"조직적이었다면 분명 어딘가에서 촬영했을 겁니다. 도련
님을 그 정도로 자극했다는 건 자작극일 확률이 높으니까요.
아마도 며칠은 두고 봐야 할 것 같습니다."

"그 말은 차라리 기사를 내 주는 게 편하겠다는 말?"

"그렇죠. 기사 낸 놈만 잡으면 끝날 테니까요."

"알았어. 일 봐. 아니, 그 새끼 깨어나면 나한테 데려오고."

"굳이 그렇게까지요? 그리고 앞으로도 직접은 지양하시지요."

"나도 조심할 건데 어지간해야 참지."

"아니, 그 말씀이 아니라 하 비서를 부르시라는 겁니다."

"하 비서를?"

"이 녀석이 이런 데 재능 있거든요. 순진해 보여도 아주 쓸 만합니다."

"그래?"

한쪽 귀퉁이에서 조용히 대기타는 하제필이를 보았다.

요 호리호리하고 비실비실해 보이는 놈이 사람 조지는 데 일가견이 있다고?

서 실장의 말이 아니었다면 농담으로 치부했을 것이다.

'안 되겠어. 언제 한번 따로 불러다 면담 좀 해 봐야겠어. 얘가 이런 일에 실력이 있는 줄은 꿈에도 몰랐잖아.'

생활의 발견도 아니고 김충수도 그렇고 하제필이도 그렇고 내가 모르는 게 정말 많은 모양이었다. 이러다 어느 날 뜬금없이 나 사실은 초능력자요 하며 불을 던지는 게 아닐지 걱정도 되고.

서 실장을 물끄러미 보았다.

도대체 어떻게 된 양반일까.

이 양반은 내가 개망나니로 인생 종 칠 걸 알고 이런 준비를 해 댔던 걸까.

정말 모를 일이었다.

"모를 일이야, 모를 일."

"네?"

"아니야. 집에 가자."

"준비하겠습니다."

◇ ◆ ◇

파파라치였다.

유명인사들 사생활을 끄집어내 자기 유흥비 혹은 생활비로 삼는 놈들.

내게 걸린 놈들은 그중에서도 악질이었는데, 며칠 뒤 기자에게 사진 팔러 나온 몇 놈을 급습, 일망타진하였다.

말마따나 하제필이에게 맡겨 났는데 이후로 조용한 걸 보니 정말 얘도 싹수부터가 보통이 아닌 모양이었다.

나도 굳이 묻진 않았다. 조용하면 나도 좋은 거니까. 서 실장마저 조용한데 가오 상하게 내가 설레발칠 일은 더욱 없고.

그사이 대통령이 국내로 복귀하면서 사람 몇몇 사라진 것쯤 뉴스 측에도 못 낄 만큼 정치 국면이 험하게 굴러갔다.

노무형 덕에 기세충천인 5공 특위가 하나씩 하나씩 까발리기 시작하는데, 하루가 다르게 비리인사들이 줄줄이 끌려

갔고 자기 친인척의 사촌까지 포승줄에 묶이자 결국 버티지
못한 대머리 본인 아저씨가 모든 죄를 인정하고 절로 향해 버
렸다.

온 나라가 들썩였다. 마침내 민주주의가 승리했다고 지금
은 대학생의 탈을 쓴…… 나중엔 젊은이들의 목에 빨대나 꽂
고 연명할 비겁한 늑대들이 산골을 뛰어다니며 자축했다.

나도 바빴다.

시험이 막바지다. 막판 열흘이니 온 힘을 다해 모의고사와
함께했다.

그리고 12월 16일.

난 김하서를 대동하고 한국대로 향했다.

정문부터 학부모와 고삐리들이 나와 파이팅을 외치고 엿
을 붙이고 찹쌀떡을 씹어 대는 사이를 비집고 들어가 내 수험
번호가 붙은 지정석에 앉은 나는 시간이 되자 주는 시험지 들
고 시키는 대로 정한 시간 내에 풀길 반복하였고 끝났다고 나
가라 하여 나왔더니 어느새 노을이 나를 반겼다.

이것도 꽤 지치는 일이었다.

터벅터벅 걸어 나오는데 김하서가 만면에 미소 지으며 나
를 반겼다.

나도 웃었다. 그래도 내 곁엔 이들이 있었다.

"모처럼 집에 가서 맥주나 한잔할까?"

"좋지요."

"안주는 족발이 어떻겠습니까?"

하제필이의 의견이다.

"족발? 아주 좋지. 장충동부터 들를까?"

"도련님은 피곤하시니 먼저 출발하시지요. 김 비서가 좀 수고해 주게."

"알겠습니다. 원조 할머니집으로다가 제대로 된 놈을……"

"그러지 말고 다 같이 다니자. 장충동도 같이 가고 집에도 같이 가고. 어차피 같이 마실 건데 따로 움직일 필욘 없잖아."

"……그럴까요?"

서 실장의 허락이 떨어지자마자 하제필이는 문을 열고 김충수는 시동을 걸었다.

일사천리다.

이게 나도 좋았다.

"그래, 오늘 좀 넉넉하게 사서 족발 파티나 하자고. 출바~"

◇ ◆ ◇

가뜩이나 할 일이 없는데 공부까지 끝나 버린 상황에서 더더욱 할 일이 없어진 나는 죽을 것 같은 무료함에 하루하루를 떨었다.

"이 죽일 것 같은 심심함이여~ 세상은 대체 날 언제까지 이렇게 방치해 둘 텐가. 더 이상 내가 필요한 일이 없는 건가. 이대로 이렇게 날 버리려는 건가. 아아, 아아아아아~~ 선지자의 고뇌여, 이 이상은 너의 고뇌가 내게 들러붙지 않길 바라나 그것조차 사치인 건지 헷갈리는구나."

행복에 겨워, 되지도 않는 말을 나오는 대로 지껄이고 있는데 또 어느새 되지도 않는 말로 나름 받아 주려 애쓰는 서 실장이 나타났다.

"모두가 궁금해하고 부러워 마지않는 SD 텔레콤의 대표라는 분의 언행치고는 참으로 겸손하십니다."

"몰라몰라. 지겨워. 지겨워. 지겨워~."

"일을 원하십니까?"

"사무는 시러시러시러."

"무얼 원하십니까? 일을 만들고 싶으신 겁니까?"

"응."

그렇다고 사고가 터지고 이런 건 바라지 않지만, 1분도 더디 가는 시간은 참으로 힘들었다.

"그렇게 심심하십니까?"

"응. 너무."

"잘됐군요. 안 그래도 오늘 호출이 있었습니다."

"누구?"

"회장님이십니다."

"오케이. 가자고."

묻지도 않고 일어났으나.

"출발까진 아직 한 시간 남았습니다."

아니란다.

다시 타는 듯한 갈증으로 한 시간을 꿋꿋이 버틴 나는 바람처럼 날아 대양의 회장실로 직행했다.

근데 거기엔 보고픈 삼촌은 없고 웬 떨거지 하나가 떡하니 자리하고 있었다.

날 보자마자 씨익 웃으며 반기는데 나는 나도 모르게 한 대 칠 뻔했다.

"빨리 왔네. 아직 아버지 권위가 먹히나 봐."

"시끄러. 니가 여기 왜 있는데?"

"몰라. 대기하고 있으라던데."

나재호였다. 대양의 황태자.

대기하고 있으란 거였으니 나름 이유는 있을 테고 만난 김에 수다 좀 떨려고 했더니 또 5분도 안 돼 삼촌이 들어왔다.

"요새 잘 지내나 보구나. 얼굴이 좋아."

"네. 잘 지내는 편이죠. 점심시간만 기다리고."

"일은 잘되지?"

"알아서들 하겠죠."

"관심 없나?"

"투입될 돈이 얼마인데요. 꼭 제가 아니더라도 관심 가질 사람은 많아요."

"거기에 너는 포함되지 않는다는 거고?"

"일이야 만들면 천지이긴 한데 결국 핵심이 중요한 거죠. 대표가 자잘한 것까지 봐서야 되겠어요?"

"오너가 할 일을 잘 꿰고 있구나. 재호야, 들었냐?"

"네? 뭘요?"

"아니, 됐다. 바쁜 것 같은데 용건부터 들어갈까?"

"네."

"내년부로 재호를 대양농원 대표로 앉히려고 한다."

"네?!"

"넌 가만히 있고. 대길이 네 생각은 어떠냐?"

"제가 어떻게 해 드리면 될까요?"

"빠르구나. 좋다. 네가 설계 좀 해 다오. 약속한 대로."

"생각보다 돈이 많이 필요할 겁니다."

"네 몫은 챙겨 주마."

"아니요. 그 말씀이 아니라 제 구상을 실현하려면 많이 들 거란 얘기예요. 그리고 전 이 일에 대해서만큼은 한 푼도 받지 않을 거고요."

"왜?"

"저도 상속자 아닙니까. 제 일이나 마찬가진데요."

"하긴 팔진 못해도 지분은 지분이지. 좋다. 지금 SD 텔레콤과 반도체 공장 증설 문제로 상당량의 자본이 움직이고 있어

빠듯하긴 하다만 견적은 한번 내 보거라. 최대한 돌려주겠다."

"최대한으로는 안 돼요."

"확정해 달라는 거냐? 얼마인지도 모르는데?"

"설마 제가 황금으로 궁전을 지을까요."

"알았다. 보장해 주마."

"지금 출발해도 될까요?"

"벌써?"

"재호 얘가 정신 차리기 전에 둘러봐야죠. 롯사는 이미 가시권까지 왔어요. 잠실뻘이 어떻게 변하는지 보셨잖아요."

"오냐. 가거라."

허락이 떨어지자마자 나는 나재호의 목덜미를 부여잡고 용인으로 날랐다.

무슨 일이냐고 물어봐도 대답해 주지 않았다.

왜냐고? 이런 게 바로 신비주의이자 추후 날 어렵게 여길 밑천이었으니까.

우리는 곧장 할아버지 묘역으로 갔다.

예만 먼저 갖추고 뒤로 그려진 정경을 돌아봤더니 정말 농담 한마디 안 붙이고 파노라마처럼 대양농원이 펼쳐졌다.

"캬아~ 죽이네. 지관 수십을 불러다 찾은 대한민국 최고의 명당답구나. 대단해. 대단해! 볼 때마다 대단하다고!"

산 사람도 가슴 뻥 뚫리는 시원함이니 죽은 사람은 오죽할까.

사방으로 기운들이 용솟음치고 그 생기의 중심이 이곳으로 모여들었다. 또 이곳을 통해 널리널리 퍼져 나갔다.

기가 막혔다.

"그러니까 저 앞에 사람이 많이 모일수록 좋다고 했겠다."

양기에 양기를 북돋는 형상이라 사람이 모일수록 용이 승천하고 봉황이 상서로운 옥명을 터트린다고 했다.

문외한인 내가 봐도 괜히 나온 말은 확실히 아니었다.

"그렇구만. 이걸 뒷받침하지 못해 허술하게 날려 버린 거구만. 저 대양농원이."

엄청난 기운이 휘돌고 있는데, 그러니까 25톤 트럭의 육중한 힘이 언제든지 튀어 나갈 준비 하고 있는데 그걸 받치는 몸체가 티코였다.

잘못하다간 제힘을 이기지 못하고 공중분해당할 판이다. 출력과 내구성을 더 높여야 했다.

"이따위 회전목마랑 옆집 돼지우리 수준의 동물원으로 뭐가 되겠어? 롯시는 실내 놀이동산을 만든대잖아. 재호야! 이걸 가만히 놔둬야겠어? 늘 하던 대로 겨울엔 이 농원을 놀려야 하는 거야? 정말 그렇게 생각해?"

"으응?"

"이대로는 대한민국 최고는커녕 외국에도 명함을 못 내민다고. 이래서 후손으로서 조상들 뵐 면목이 있겠어?"

"뭐라는 거야, 이 쉐뀌야. 묻는 말엔 대답도 안 해 주고 해괴한 소리만 해 대고."

"다 널 위해서 하는 얘기가 아니냐. 뼈가 되고 살이 되고 피가 되는 얘기니 메모하며 들어라, 자식아. 반항하지 말고."

"이게 미쳤나? 왜 갑자기 꼰대 짓이야. 니 꼬붕 짓 하라고 나 대표 앉힌 거냐?"

"어쭈, 계속 반항이네. 딱 보니까 지금 농원 대표 안 할 거란 얘기 같은데, 그런 거야? 삼촌한테 전화해?"

"……."

대답 못 한다.

나재호의 뒤통수를 한 대 갈겨 줬다.

"하고 싶음 닥치고 따라오기나 해라. 까불면 그냥 짤라 버릴 테니까. 뭐 그랬다간 네 엄마가 참 좋아하시겠다. 씨발아."

"씨벌…… 아프다고."

"그럴 거면서 의미도 없을 반항은 왜 하냐?"

"하아…… 됐고. 내가 뭘 하면 되는데?"

"니가 할 게 뭐 있어, 새꿔야. 그냥 취임식에서 이런 말이나 해. 한국형 디즈니랜드를 만들겠다고. 거기에 대한 확고한 믿음으로 대표이사직을 수행하겠다고. 그럼 이 형님이 다 알아서 해 줄 테니까."

"씨이, 똑바로 해라. 한 대 맞은 거 생각 안 들게 하려면."

"너나 똑바로 해. 이쒸."

곧바로 돌아가 계획서를 작성했다.

어차피 머릿속에 있던 것들이고 시간 날 때마다 준비해 뒀던 거라 하루도 안 돼 완성해 나재호를 다시 불렀다.

"이게 뭐야? 에버월드? 이 배 그림은 뭐고?"

"앞으로 대양농원이 갈 길이다. 네가 가질 업적이고. 다시 봐도 멋진 심볼 아니냐. 그게 바로 세계가 부러워할 심볼이다, 자식아."

"이거 유럽 범선에서 따온 것 같은데…… 갤리온 아니냐?"

"그렇지. 잘 아네. 이제 에버월드를 떠올리면 대항해시대를 연 이 배부터 생각날 거다. 이상한 캐릭터 같은 유약한 것들이 아니라 모험과 판타지가 가득한 거친 세계로 향하는 낭만을 떠올리는 거지."

"낭만?"

"서양 애들이 좋아할 거다. 특히 유럽인들이라면 대항해시대의 향수는 거의 절대적이지."

"자, 잠시만."

놀랐는지 장장 스무 장이나 되는 기획서를 다시 한 번 살피는 나재호였다.

한 장 한 장 넘길 때마다 덜덜 떨리는 손을 주체 못 했고 또 그럴수록 자꾸만 빠져드는지 입술을 적시기 바빴다.

"그러니까 봄, 여름, 가을, 겨울 사계절을 이용할 수 있는 테마파크라고?"

"그렇지. 봄에는 꽃 축제, 여름에는 부곡 하와이 뺨 때리는 물놀이장으로, 가을에는 세계 테마 축제가 열리고, 겨울에는 눈썰매장이 개장되는 거야. 그것뿐이냐? 사파리를 진짜 사파리처럼 만드는 거야. 온갖 동물들을 철창이 아닌 평지에 풀어놓고 그 사이를 아프리카처럼 차로 관광하는 거야. 생각해 봐라. 사자랑 호랑이랑 같이 풀어놓으면 무슨 일이 생기겠냐? 그걸 바로 옆에서 지켜보는 거야. 졸라 죽이지?"

"……."

"무료 셔틀버스도 서울까지 하루 두 번 왕복하고 학생 할인에 전국 학교와 자매결연을 하여 수학여행 코스로 만들고 콘도까지 지어 1박을 가능하게 한다면? 레크레이션도 가능하게 한다면? 또 실물 크기의 갤리온을 제작하는 거야. 하루에 한 번 이 넓은 곳을 관통하게 하는 거지. 좀 튀겠냐? 그 위엔 해적들이 설치고. 여유가 된다면 다른 배들도 만드는 거야. 이 정도까지 했는데 다른 놈들이 상대되겠냐?"

"안…… 되지."

"세계에 이슈가 되겠냐, 안 되겠냐?"

"되겠어!"

"너 같으면 안 오고 싶겠냐?"

"오고 싶을 거다."

"돈은 그렇게 쓰는 거야. 이왕 만드는 거 꼭 한번 가 보고 싶은 소망지가 되는 거지. 에버월드로 오세요. 영원히 이어지는 세상으로 놀러 오세요. 여기엔 낭만이 있어요. 해적들이 넘치는 카리브의 세계가 펼쳐진답니다. 돈 쓸 만하지 않아?"

"그렇긴 한데…… 돈이 이만큼이나 필요해?"

"이렇게 얘기했는데 겨우 3천억도 못 써?"

"겨우라니. 3천억이면……."

"이 자식아, 에버월드에 사람이 몰릴수록 그 혜택을 고스란히 받는 게 누군데? 넌 할아버지가 하고많은 곳 중에서 굳이 여기에다가 농원을 꾸린 이유를 진짜 모르는 거냐?"

"그야 이 자리에 사람이 많을수록 우리 가문이 잘될 거라는 말 때문이지. 근데 그건 과학적이지 않잖아."

"이게 아주 집안을 말아먹을 놈이네. 30년 전까지만 해도 백로는 다 하얀 줄 알았어 이 등신아. 암 걸리면 다 뒈지는 거였고 로켓을 쏴서 달에 가는 건 공상 만화영화에서나 보는 거였고 넌 정말 지금 증명 못 하면 아무것도 아니라고 생각하는 거냐?"

"난……."

"잘 들어, 새�뀌야. 과학은 현상이 생기면 그게 어떤 식으로 이뤄지는지 찾아가는 학문이야. 만능이 아니라고. 1년에도 몇 번씩 뒤바뀌는 논문 따위를 맹신해? 겨우 그것 때문에 수천 년 행해 온 유산과 비교하는 어리석음을 꾀할 거냐고. 안 그래도 지금 서양에서는 동양의 신비를 파헤치고 배우고 싶어 난리인데 넌 왜 거꾸로 가냐?"

"씨바, 무슨 말도 못 하냐. 야! 내가 대표라고, 대표. 대표가 이런 말도 못 꺼내는 거냐?! 이 쉐끼가 아주 잘나간다고 사람을 더럽게 무시하네."

또 반항한다.

친구라 그런지 고분고분한 맛이 없다.

"그게 내가 무시한 거냐? 가르침을 내린 거지. 우매한 중생한테."

"우매한 중생이라고?"

"그리고 넌 인마. 그 살짝 올라가는 입꼬리 때문에 언젠가 곤욕을 치를 거다. 좋게 보면 웃는 상인데 더럽게 보면 비웃는 거로 보이거든. 앞으로 거울 보며 표정관리나 잘해라. 있는 놈이 비웃어 버리면 국민이 빡돌지 않겠냐?"

"이젠 생긴 거로 지랄까지 하네."

"시끄러 새꿔야! 그거 가지고 갈 거야 말 거야?! 싫으면 말고."

도로 뺏으려고 했더니 얼른 뒤로 감춘다.

경고해 줬다.

"충고하는데, 돈 몇 푼 아낀다고 헛짓하지 마라. 내가 삼촌한테 수시로 보고할 테니까. 잘못되는 순간 3천억으로 막을 거 5천억, 6천억 쓰게 되는 거다. 무슨 말인지 알지?"

시기도 딱 적절했다.

한겨울에 개장할 야외 놀이동산은 없었고, 이때를 빌미

로 제대로 리모델링 들어가면 딱 좋았다. 놀이기구 디자이너도 제대로 된 놈으로 수배하고 만드는 김에 최소 세계 탑 5에 드는 험악한 놈으로다 하나 정도는 갖추고 그러면 얼마나 좋나.

돈 3천억 뿌려 놓고 한국에선 부동의 탑 못 찍으면 그게 바보였다. 서울 도심이라는 최고의 입지 조건을 가진 롯사랜드라도 범선은 못 가진다.

"잘해라. 유종의 미를 맺으려면. 아마도 이게 나와 대양의 마지막 프로젝트가 될 확률이 높은데 니가 잘해야 나도 마음이 편하니까 말이다."

돌아가는 나재호의 등에 대고 말은 하지만 이 말은 차라리 나에 대한 다짐에 가까웠다.

맨바닥에서 시작해서 어느새 1차 종착점으로 다다라 간다.

SD 텔레콤이 성공하는 순간 명성은 생길 것이고, 그 시기에 맞춰 빈 깡통이었던 통장에도 감당키 어려운 자본금이 들어올 것이다. 그리고 인맥도 이젠 대통령과 점심까지 먹는 사이이고.

이런 환경을 두고 언제까지 남의 일만 해 주고 살 수는 없었다.

"독립은 언제나 설레는 일이지. 너도 그럴 테고. 하지만 너랑 나랑은 근본부터가 다르다. 부모로부터 물려받는 것과 처음부터 시작하는 건 비교가 안 될 테니까. 잘 가라고 친구. 부디 나랑 얽히지 않기만을 바랄 뿐이라네. 니 걸 온전히 지키고프면 말이다. 쿠쿠쿠쿠쿡."

〈3권에 계속〉